멈춤의 여행

멈춤의 여행

각산 지음

인생은 고통의 여행이며
명상은 그것의 멈춤이다

나무옆의자

개정증보판을 펴내며
삶의 변화는 실천법에 있다

삶의 성공적인 변화는 이론이 아니라 실천법에 있습니다. 실천법을 모르면 현실과 이상은 괴리가 생깁니다. 이론적으로는 맞는 것 같은데 현실에서 적용되지 않는 것은, 체험하지 않고 머리로 궁리해 만들어낸 이야기이기 때문입니다. 명상은 체험이지 이론이 아닙니다.

시중의 명상 지침서들을 보면 너무도 다양한 수행법이 난무하고 그 내용 또한 어렵고 복잡합니다. 이 책은 번쇄한 이론을 피하고 경전에 충실해 문자 그대로의 핵심만 추려 올바른 명상의 기본원리를 제시하고자 했습니다.

이 책은 필자가 20년 가깝게 올바른 명상법의 핵심을 찾고자 세계 각지의 명상 고승을 탐방하고 수행하면서 체험한 것을 바탕으로 삼았습니다. 그리고 보석과도 같은, 붓다의 고대 명상과 세계 명상의 신기원을 이룬 명상 스승 아잔 브람(아잔 브라흐마)의 『성난 물소 놓아주기』의 실천편이라고 할 수 있습니다.

아울러 이번 『멈춤의 여행』 개정증보판은 독자들께서 읽기 편하도록 문장을 가다듬어 첫 장과 마지막 장을 운율에 맞게 산문시 형태로 꾸몄고, 그동안 아쉬웠던 2장 '붓다의 명상'과 3장 '간화선'의 내용을 대폭 보강했으며, '좌선법'과 '통증 해결하기'를 정비하여 4장으로 통합했습니다. 향후에라도 『멈춤의 여행』은 완성미가 뛰어난 명상 안내서가 될 수 있도록 평생에 걸쳐 보완하고 수정하여 출간할 생각입니다.

체험이 따라야 자신의 목소리를 낼 수 있습니다. 이 책의 명상법은 자칫 위험이 따를 수 있는 단전호흡, 뇌호흡, 기공수련 같은 수련이나 미얀마 방식으로 일관된 위빠사나 명상을 탈피한, 진품의 마음계발 명상법입니다.

특히, 호흡명상법(아나빠나 사띠)은 미얀마 밀림 속 고승 파욱 선사의 법문 일부와 명상 스승 아잔 브람의 명상안내서인 『명상기본법(The Basic Method of Meditation)』과 『명상을 통한 행복(Happiness through Meditation)』의 일부를 참고했습니다.

이생에서 사라져버린 숲속 명상 수행승과 아잔 브람 스님에게 공덕을 회향하며, 그 인연으로 모두 대자유의 열반을 성취하시길.

2018년 10월
각산 합장

5장 다시, 단정히 앉다 I 생활 속 명상

1장

단정히 앉다

| 비우는 만큼 채워진다 |

명상의 출발

비움의 미학

요즘 사람들은 생각이 너무 많습니다.
생각을 조금이라도 내려놓을 수 있다면
우리의 삶은
훨씬 더 쉽고 자연스럽게 흘러갈 것입니다.

아무리 뜨거운 열기도 차가운 기운이 생기면
차가워지게 마련입니다.
우리 마음도 뜨거운 열기로 들떠 있다가도
명상의 차분한 기운을 만나면
고요하게 가라앉습니다.

들뜬 열기를 놓아버릴 때
진정한 마음의 평안과 정신적 안정과
삶의 지혜가 열립니다.
내려놓기 연습은 명상의 출발입니다.
명상은 비움의 미학입니다.

진리를 설하는 자는 싸우지 않지만,
진리가 아닌 것을 설하는 자는 싸웁니다.
'참나 찾기'는 고요한 명상 속에서 가능합니다.
비움의 미학은 내 안의 우주를 만나게 해줍니다.
우리가 애쓰지 않아도 삶의 방향을 잡아줍니다.
영감이 무궁무진하게 쏟아져 나오는
인생의 지혜를 얻게 합니다.

나의 작품, 인생
명상을 통한 참나 찾기

삶의 질은 환경에 따라 달라집니다.
오랜 시간 쌓인 운명같이 정해진 삶의 환경은
너무나 바꾸기 힘듭니다.
그런 환경은 우리 스스로 행한 삶의 행위에
제약을 받습니다.
이는 우리 스스로 만든 고뇌의 작품입니다.
어떻게 해야 할까요?

마음의 고통은 저절로 생겨나지 않습니다.
비관적인 생각과 집착하는 것,
그중 한 가지에 부딪히면 고통이 됩니다.

그 고통은 어느 창조주의 말씀 한마디,
신통을 부리는 이의 약 한 알,
어떤 주문 한 줄로도 벗어날 수 없습니다.
각자의 종교 안에서
열심히 기도하고 심신을 바쳤지만
한계에 봉착하고 맙니다.
그것만으로는 우리의 업력을
녹이지 못하기 때문입니다.

업력 소멸은
자기 마음을 깨치는 견성으로만 가능합니다.
견성은 명상을 통한
참나 찾기에서 이루어집니다.

마음의 평화

탐진을 내려놓을 때

번뇌는

탐심과 성냄과 어리석음 때문에 일어납니다.

이로 인해 인간은

돌고 도는 삶의 고통을 받고 있습니다.

몸과 마음이 욕망의 전차가 되어 뜨겁게 달리고 있다면,

세상 그 어떤 부귀영화를 지니고 있다 한들

편안하게 잠들 수 없을 겁니다.

세상 어느 부귀보다 백만 배, 천만 배 넘치는 부귀는

바로 마음의 평화를 찾는 것입니다.

마음의 평화를 얻은 이는

탐진(貪瞋)[1]의 마음을 버립니다.

분노는 억제한다고 사라지는 것이 아닙니다.
억지로 참으면 화병이 생깁니다.
분노는 이해하는 것입니다.
분노의 원인을 이해할 때 비로소 자유가 생깁니다.
분노하거나 속상한 일이 있을 때는
감정을 버리고 그냥 그대로 보아야 합니다.

모든 행위는 그물에 걸리지 않는 허공과 같으므로
일어나는 것을 그냥 지켜보십시오.
모든 일은 구름에 달 가듯이 일어나 사라지는 것입니다.
감정이 일어나는 그대로 알아차리기만 하십시오.
감정은 또 다른 조건에 의해 사라져버리는
일시적 현상일 뿐입니다.

객관적으로 알아차릴 때 마음의 평화가 찾아옵니다.
탐진을 버린 이는 신뢰하고 의지할 만하고
세상을 속이지 않습니다.
이간질하지 않고 진실하며 새길 가치가 있는 말만 합니다.

탐진을 내려놓은 이는 내려놓지 못하는 사람보다
편안하고 행복하게 오래 삽니다.

---

1 탐진: 재물욕, 명예욕, 애욕, 분노, 성냄

체험한 만큼의 인생
몸으로 아는 것

수행은 철학적이고 심리적인 해석보다
체험이 중요합니다.
자기가 살아온 만큼 삶이 보이듯
수행도 체험한 만큼 보입니다.

수행 없이 글귀만 파고들어가 궁리해보아야
아무것도 연구할 것이 없습니다.
머리로만 이해하고 안다고 해봐야
실제 상황에 맞닥뜨렸을 때는
아무런 도움이 되지 않습니다.

수행은 책에도 있지 않고
붓다나 신에게도 있지 않습니다.
몸으로 아는 것이 중요합니다.
수행을 스스로 하지 않고 듣기만 하면
남의 돈만 세어주는 격입니다.
수행은 자기가 하는 것입니다.

체험이 먼저 있고 이론이 있습니다.
직접 씨를 뿌리고 밭을 갈아야 소득이 있지,
농사법만 백날 읽는 것은 아무 소용이 없습니다.

팔만대장경과 성경을 다 읽고
사서삼경에서 제자백가까지 독파한다고 해도,
책에서 읽은 글귀만 가지고는
실생활에 별로 도움이 되지 않습니다.
더욱이 죽음 앞에서는 아무 소용이 없습니다.

인생 대자유의 길은 이론에 있는 것이 아니라
명상으로 참나를 찾는 것에 있습니다.
명상은 직접 체험해보는 것입니다.

명상은 불사의 문

천당과 지옥도 가려 갈 것

명상은 믿음이나 논리가 아닙니다.
명상은 실제 삶에 변화와 이익을 제공하는
과학이요, 생명의 본질입니다.

정통명상은 한량없는 수명연장도 가능하게 하는
불사(不死)의 문(門)입니다.

목숨이 다할 때는 염라대왕과도 겨루어
천당과 지옥도 가려 갈 것입니다.

담마[1]의 진리를 배워 수행해 선정[2]을 성취하고

올바로 정진하는 사람들은
죽음의 지배를 받지 않습니다.
자신의 생각 속에 갇혀 있는 한,
이 법을 이해하기는 어려울 것입니다.
지금까지의 믿음을 내려놓으십시오.

---

1 담마: 법, 진리
2 선정: 삼매

수행 없이 깨침도 없다
명상만이 인생의 자유

업(業)은 자신의 습관에 의해 결정됩니다.

마음에 습기가 가득한데 아무리 주력을 한들,

그 마음이 깨어날 수 있을까요?

마음의 대자유를 얻는 견성은 자기 의지의 힘이지,

주문이나 염불, 신을 찾는 기도의 힘이 아닙니다.

외부의 힘에 의지한 기도는

근기[1]가 낮은 사람이나 하는

교묘한 방편(善方便)일 뿐입니다.

수행 없이는 깨침이 없고,

깨달음 외에는 달리 성자가 되는 길이 없습니다.
현재의 이 마음을 한순간 꿰뚫어 볼 때
진정한 열락을 만납니다.

명상은 어떤 주력이나 기도보다
월등히 센 힘을 가지고 있습니다.
참회기도로도 물론 일부분의 업력이 소멸되겠지만,
업력의 완전한 소멸은 견성을 통해서만 가능합니다.
명상만이 인생의 자유를 이끕니다.

---

1 근기: 깨닫는 능력

마음, 육체의 지배자

안이 밝아야 바깥도 보입니다

붓다의 담마는
중생을 구원함에 조건을 논하지 않고,
대가 없이 중생을 도와줍니다.
담마에 귀의하는 자에게는
아주 많은 명(命)을 세워주게 합니다.

담마는 우리에게 일심을 알려주었지만
정작 우리는 그 법을 알지 못해
일심이 안에 있는 것도 모르고
밖에서 구하려 했습니다.
밖에서 구하려고 하는 한

영원히 일심을 만나지 못한다는 것도 모른 채 말입니다.
중생은 임종에 이르러서야
자기가 영원히 죽는 줄 알고 죽음을 두려워합니다.
그것은 마음이 미혹해 자기 마음이
우주의 영원한 생명인 줄 모르기 때문입니다.

생명의 본질은 일심에 있습니다.
비록 육신은 죽었을지라도
마음은 사라지지 않습니다.
마음은 육신의 지배자요,
우주법계의 주인이며,
영원히 물들지 않는 참나이건만,
스스로 지어낸 관념의 사슬에 매여
삶의 질곡을 만들어내고 있습니다.

마음의 본바탕은 큰 바다의 고요한 물이고
생각은 바다 위의 거품과 같아,
생각을 쫓아보아야
일심은 육도만행을 해도 만나지 못합니다.
안이 밝아야 바깥도 보입니다.

과학적인 성공 프로그램
마음이 모든 것을 창조

성공한 사람은 그만의 습관이 있습니다.

습관은 인생의 항로를 결정해주고 운명을 바꿉니다.

오랜 습관은 바꾸기 어려울 수 있지만

마음은 길들이는 대로 되기 때문에

내 마음을 어떻게 길들이느냐에 따라 바뀔 수 있습니다.

성공과 실패, 행복과 불행은

자기가 생각한 만큼의 결과입니다.

마음이 모든 것을 창조하기 때문입니다.

낙관적 사고는 성공의 모태입니다.

크든 작든 자기만큼의 능력이 있습니다.
처음 주어진 조건은 불공평했지만,
그 이후의 삶은 각자의 노력과 공덕에 따라
차이가 더욱 벌어지게 됩니다.

현재는 미래를 이야기합니다.
성공의 밑거름은
지금 있는 자리에서 주인공이 되는 것입니다.

오늘 할 일에 열중해야지,
내일이 어떻게 변할지 누가 알 수 있겠습니까?
어떤 장소든 자신이 그곳에 있기를 원하지 않으면,
그 장소가 아무리 안락한 곳이라 해도
감옥이 되고 맙니다.
무슨 일을 하든 그 일을 사랑하십시오.

그러나 지나친 의욕은
도리어 당신을 힘들게도 합니다.
열정을 갖되 욕심을 내려놓으면
미래는 그대의 것이, 우리의 것이 됩니다.

머리보다는 가슴으로 사십시오.

과거는 이미 가버렸고
미래는 오지 않았습니다.
왜 나는 이것밖에 안 되는가?
한탄만 하다가는 퇴보의 삶,
오리무중 인생이 됩니다.
비관적 사고는 실패와 장애의 연속이 됩니다.
마음속의 감독관을 내려놓고,
지금 이 순간의 나를 자비롭게 하는 것이
미래의 나를 해방시켜줍니다.

원력[1]이 없으면 목표달성이 없습니다.
목표는 열정의 동기부여가 되어야지,
속박이 되어서는 안 됩니다.
목표는 정신적 가치와 물질적 가치를
함께 지니고 있어야 합니다.
이러한 원력은
참나를 찾는 명상에서 이루어집니다.

참나 찾기 명상은 진정한 삶의 가치를 제공하고,
생로병사의 고통을 끊어주는
과학적인 성공 프로그램입니다.

1 원력: 원하는 마음 또는 동기부여

명상의 진짜 목표
선정은 명상의 요체요, 깨침의 결정체

명상은 모든 고뇌와 번뇌로부터
자유로워지고 행복을 추구하는 것입니다.
명상은 자유를 체험하게 하는 수행으로,
우리의 마음이 가장 진귀한 보석임을 깨닫게 합니다.

범부(凡夫)[1]의 마음을
영원한 대자유의 해탈자로 전환해줍니다.
이를 열반[2]의 성취라고 합니다.
열반의 성취는
우리의 본모습인 참나와 만나는 것입니다.
열반의 문은 선정의 증득에 있습니다.

이러한 체험은 삶을 획기적으로 전환해주고

잠재력을 무한대로 계발해주고

더할 수 없이 황홀하고

행복한 텅 빈 고요함의 무아지경으로 안내하며

인생 최고의 행복을 경험하게 하고

보리반야(菩提般若)[3]를 얻게 합니다.

깨달음은

선정 없이 절대 이루어지지 않습니다.

선정 없는 깨침은 얕은 통찰이고,

깊은 통찰은 선정을 통해 이루어집니다.

이 말은 매우 중요합니다.

선정은 명상의 요체요, 깨침의 결정체입니다.

---

1 범부: 평범한 사람

2 열반: 완전한 행복의 대자유

3 보리반야: 깨달음의 지혜

명상이 주는 선물

생사를 초월한 평안한 마음에 머물기

진품 명상은

모든 사람에게 마음의 평화와 안정,

스트레스 해소, 자기 계발, 집중력 강화,

업무능력 향상, 목표달성을 제공하며

우울증과 공황장애에서 벗어나게 합니다.

진품 명상은

마음으로부터 당장 얻을 수 있는

직접적 이익과 미래의 간접적 이익 등

헤아릴 수 없는 축복을 누리게 합니다.

장년층에게는
가정 평화, 심신 안정, 건강 증진, 갱년기 장애 극복을,
학생과 청소년에게는
두뇌계발, 인내력 향상과 인격배양의 효과를 가져다줍니다.

진품 명상은
최고의 행복인 마음의 평안을 얻게 하고,
가정의 안녕과 화목, 그리고 건강, 성공, 명예를 얻게 하고,
자살, 실업 같은 사회불안을 해소합니다.

사업가는 사업에서 성공하고,
교육계는 인성교육과 학습능률 향상을,
사법계는 공명정대와 명안판결을,
의료계는 인술명의와 안심입명(安心立命)[1] 을
이룰 수 있습니다.

이러한 명상의 효과는
이미 신경과학 분야의 세계적인 학술지
《신경과학저널(Journal of Neuroscience)》에
발표된 내용입니다.

붓다의 명상과 철학은

전 세계 인류의 평화와 구원의 대안으로 주목받고 있습니다.

행복과 만족을 얻고,

심신이 안정되는 탁월한 방법으로

붓다의 명상만큼

과학적이고 효과적인 방안이 없기 때문입니다.

특히 이 책에서 다루고 있는

호흡명상[2]은 붓다가 직접 깨달음을 얻은 수행으로,

전 세계에 널리 알려진 대표적 명상법이요,

서양의 지식층이 선호하는 수행법입니다.

---

1 안심입명: 마음이 편안하고 안정되어 생사를 초월한 평안한 마음에 머무름

2 호흡명상: 아나빠나 사띠

고요히 앉아 있으면

깨달음의 기쁨

지혜는 비우는 것입니다.

비우는 만큼 한가하고 여유로워집니다.

동시에 삶의 번뇌를 녹여줍니다.

그러한 지혜는 명상에서 나옵니다.

붓다의 담마는

명상을 체험함으로써 얻는 깨침입니다.

체험 없이 이론에만 의지하게 되면,

결국 남의 살림만 살아줄 뿐입니다.

이론이 많으면 가설적 번쇄철학만 낳습니다.

유무에 얽매인 세간의 지식은
내면의 평화와 다릅니다.
머리로만 아는 세간의 알음알이를 내려놓을 때,
직관과 통찰의 지혜가 열리고
삶의 대자유를 얻게 됩니다.
시간과 장소를 가리지 말고
하루에 한 번이라도 앉으십시오.

잠시라도 고요히 앉아 있으면
온몸과 마음은 상쾌해지고 피로가 사라집니다.
명상은 하루하루가 재미있는 만족의 인생이며
생로병사의 비밀을 여는 신비한 깨달음의 세계입니다.
번뇌의 원천들을 소멸해버립니다.

어느 생에 다시 만나리오
완전히 성공하는 자의 운명

세월은 내가 무엇을 해도 가고,
안 해도 가는 것입니다.
어차피 가는 시간,
인생의 진짜 공부인 참나 찾기를 하십시오.
물은 배를 띄우기도 하지만
배를 뒤집기도 하듯
욕망은 우리의 안녕을 보장할 수 없습니다.

날카로운 칼날 끝에 묻은 꿀방울을
혀로 핥다가 혀가 잘리는
고통의 진리를 이해하지 못하면,

욕망의 전차는 멈추지 않습니다.
어떤 즐거움을 추구한다고 해도
그 즐거움은 영원하지 않고,
아무리 많은 기쁨을 갖는다 해도
결국 세월의 안개 속에 사라져가고 말 것입니다.

생로병사는 수행의 힘에 의해
내가 원하는 대로 환생하는 원력수생입니다.
자기 의사와는 상관없이 지은 업보에 의해 받게 되는
윤회업보의 업력수생이 아닙니다.
수행은 준비된 자만이 할 수 있습니다.
이번 생에 이 몸을 제도하지 않으면
어느 생에 이 몸을 제도하겠습니까?
선칠(禪七)[1]이면
여러분의 운명을
완전히 성공하는 자의 운명으로 바꿀 수 있습니다.

---

1 선칠: 명상 일주일

지금 이 순간 자유

과거를 놓아주면 현재가 즐겁다

미래는 예측할 수 없습니다.

미래는 우리가 기대하고 생각했던 바와는

항상 다른 것이 되고 맙니다.

불확실한 미래의 일을

미리 걱정하는 것은 기우입니다.

과거를 놓아버린 사람은

지금 이 순간 자유롭습니다.

과거는 지나간 일일 뿐,

현재에 존재하지 않습니다.

존재하지도 않는 과거에 사로잡혀 있는 것은

현재의 내가 그 기억에 매달려 있기 때문입니다.
과거를 후회하는 것은 아무 이익도 없고,
오지 않은 미래를 걱정하는 것도
정신적 에너지를 쓸데없이 소모하는 일입니다.

현자는 만물에 응하되,
머물지 않는 마음으로 지나갑니다.
자신의 시각으로 형상을 보지만,
그 인상이나 특징에 집착하지 않습니다.
망념은 일으킨 생각에 끌려다님이요,
그 마음을 거둬들이면 지혜입니다.

참나를 찾아주는 참스승

올바른 견해를 체험한 깨달음

인생은

누구를 만나느냐에 따라 길이 완전히 달라지듯

사람의 영혼을 다루는 도의 세계에서

어떤 스승과 인연이 되느냐에 따라

다음 생의 운명까지 바뀝니다.

깨달음의 세계로 가려면

삼도(三道)[1]를 갖추어야 합니다.

이 세 가지가 화합되어야 도를 얻을 수 있습니다.

그중 가장 중요한 것이 스승입니다.

길 없는 길은

그 길을 탐험해본 이에 의해서만
알 수 있기 때문입니다.

선지식(善知識)²은 만나기 쉽지 않습니다.
참스승을 친견하고도 믿지 못하고 확신하지 못하면
그의 마음은 열심과 인내와 정진(精進)³으로
향하지 못하게 됩니다.
학식 때문에 스승을 따르는 것이 아닙니다.
오랜 세월 담마를 배우고 수행하며
올바른 견해를 체험한 깨달음을 따르는 것입니다.

---

1 삼도: 도사, 도반, 도량
2 선지식: 자신의 삶에 이정표를 세워줄 견문을 쌓은 스승
3 정진: 상황에 알맞은 노력

만세를 뻗쳐도 항상 지금

지금을 놓치지 마라

수행이 안 된다고 하는 마음이나
잘된다고 하는 마음의 근원은
법성[1]을 본질로 하는 성품입니다.
부정적인 시각 속에서는
공부가 눈에 들어오지 않습니다.
높은 곳만 쳐다보는 사람은
정작 발밑의 돌을 보지 못해 걸려 넘어지고,
하늘의 별만 찾는 사람은
눈앞의 아름다운 꽃도 보지 못합니다.
도를 깨치는 것은
세수하다 코를 만지는 격입니다.

어느 날 불현 듯
기존의 관념과 다른 새로운 이치를 보게 될 것입니다.

옛사람들은
이 일은 한 사람이 만 명의 적을
물리치는 것과 같은 일이라고 말했습니다.
끊임없는 정진만이 열반의 언덕으로 인도합니다.
지금을 놓치지 마십시오.
오랜 세월이 지나도 옛날이 아니고,
만세를 뻗쳐도 항상 지금입니다.
고차원적인 철학이요,
생로병사의 비밀을 풀 수 있는
마음수양의 최고봉인 참선[2]과의 인연은,
백천만겁에도 만나기 힘든
일생일대 절호의 찬스입니다.

1 법성: 담마의 마음
2 참선: 명상

비우는 만큼 채워집니다

수행의 워밍업 : 비우는 연습

수행은 마음의 전환입니다.

너무 많이 갖고자 하면 도리어 갖지 못하고

생각이 많을수록 자기를 속박하는 병통이 됩니다.

명상의 기본은 생각 내려놓기입니다.

무엇이든 놓아버리십시오.

마음을 누르지 못하면 얻지 못하고 화를 초래합니다.

고통과 번뇌의 시발점은 성급함과 욕심입니다.

멀리 나는 새는 날개 외에는

아무것도 지니고 있지 않습니다.

무거운 마음으로는 참나를 찾을 수 없습니다.

명상하는 시간만이라도 모든 짐을 내려놓고
포기하는 마음을 가져야 합니다.
뒤돌아보지 말고
과감하게 모든 것을 내려놓으십시오.
미래의 계획을 포함한 모든 근심거리와 생각을
과감하게 내려놓아야 합니다.
조건이 지어진 것은 무상합니다.
그것은 우리의 바람대로 되지 않을 것이고
자체의 진로를 따라갈 것입니다.

행위는 있으나 행위자가 없습니다.
무아입니다.
거머쥐려 하는 것은 무의미할 뿐입니다.
비우는 만큼 채워집니다.
현자들은 내려놓는 삶을
"지금 여기에서 가장 행복한 삶"이라고 부릅니다.

대부분의 수행자는 삼매[1]를 원하지만
세간의 집착을 포기하지 못해
마음이 동요하고 세간의 대상 사이를 방황합니다.

그들은 마음이 고요해지도록 노력하지만
실패하고 맙니다.
현재에 만족하지 않고 포기하지 못했기 때문입니다.

집착은 수행의 진보에 커다란 장애물입니다.
마음이 뭔가를 자꾸 만들어내더라도
의미를 부여하지 말고 내려놓으십시오.
좌선할 때는 모든 생각을 내려놓겠다는
강한 결심을 가지는 것이 중요합니다.
진정한 내려놓음은
현재를 인정하고 받아들이는 것입니다.

---

1   삼매: 절대고요의 세계, 초집중력의 경지

명상의 뼈와 살
호흡명상과 '이 뭣고?' 화두

이 책은 붓다의 명상인 안반선과 간화선을
주된 수행법으로 삼아 설명하고자 합니다.
안반선이란 들숨과 날숨을 알아차리는 호흡관찰법[1]으로
성불한 붓다의 고유한 명상법입니다.
간화선은 유구한 역사를 가진 참나 찾기의 명상인
'이 뭣고?'라는 화두입니다.
각자의 성향과 인연에 따라 안반선을 먼저 할 수 있고,
'이 뭣고?' 화두를 통한 간화선을 먼저 할 수도 있습니다.

호흡명상은 세계적 명상 스승인
아잔 브람[2]으로부터 배운 수행법을 토대로

① 마음관찰

② 호흡관찰

③ 호흡 전체 보기

④ 감미로운 호흡

⑤ 빛의 체험

⑥ 선정(禪定)

으로 이어지는 여섯 단계를 거칩니다.

붓다의 정통 명상법이 접목된 간화선 수행은
사마타 위빠사나[3]와 함께
지금 이 순간의 관찰자인 '아는 마음'을 통해
간화선의 특성과 본질을 더욱 간결하고 쉽게
체험할 수 있습니다.

모든 것은 간단해야 좋습니다.
불교의 수행법은 그다지 복잡하지 않습니다.
수행 이론이 너무 장황하거나 수행법이 많으면
수행을 어렵게 만듭니다.
"왜 그런가?" 하는 화두와 호흡명상은
그 자체로 명상과학의 결정체요,

완전한 깨달음으로 이끌어주는

정혜쌍수(定慧雙修)[4]의 바와나 수행입니다.

바와나(bhavana)란 마음계발 수행으로,

시각, 청각, 후각, 미각, 감촉, 정신의

여섯 가지 문으로 일어나는 탐착과 번뇌의 마음을 닦는

정신계발 수행을 말합니다.

---

1 호흡관찰법: 건강 위주의 일반적 수련인 단전호흡이나 뇌호흡, 기공수련과
는 차원이 다르다. 일반적 호흡법은 깨침의 키워드인 선정을 실현시키지 못한다.
2 아잔 브람: 1951년 런던에서 태어나 케임브리지대 물리학과를 졸업한 후,
태국 고승 아잔 차의 상수제자가 되었다. 현재 호주에서 많은 서양인 제자를
가르치고 있다. 지금 세계 불교는 아잔 브람의 시대라고 해도 과언이 아니다.
3 사마타 위빠사나: 사마타는 멈춤과 평온의 선정수행법이고, 위빠사나는 지
혜계발의 통찰수행법이다.
4 정혜쌍수: 선정과 지혜를 함께 닦음

2장

텅 빈 고요에 이르다

| 붓다의 명상 |

숨 쉬고 있는 시간 그 자체

마음이 고요해지면 마음의 소리가 들린다

사람은 죽기 전까지는 자기가 알든 모르든 숨을 쉬고 있습니다. 살아 있는 한 숨을 쉬기에 호흡은 아주 훌륭한 명상의 대상이 됩니다. 단지 호흡을 마음에 챙기는 것만으로도 아주 간편하고도 유효한 수행이 됩니다. 숨 쉬고 있는 시간 그 자체가 훌륭한 명상입니다. 자신의 호흡만 바라보면 되기 때문입니다.

호흡만 관찰해도 온 정신과 육신이 시원해지고 고결해집니다. 호흡을 보는 순간 신기하게도 우리 마음의 잡다한 생각과 망상과 번뇌가 멈추고 고요히 안정됩니다. 마음이 고요해지면 마음의 소리가 들리고 마음의 소리가 들리면 인생사 가득

이 잡힙니다.

　마음의 소리는 생사의 비밀과 삶의 안목을 여는 지혜의 소리입니다. 지혜의 소리는 우리를 욕망의 전차에서 뛰어내리게 해줍니다. 칸트도 "욕망에서 비롯된 모든 행동은 자유로울 수 없다"고 말했습니다.

　마음의 평화를 유지하기 위해서는 호흡관찰법을 익혀야 합니다. 호흡관찰은 심신을 단련하는 매우 효과적인 방법입니다. 처음에는 단순히 호흡만 쳐다봤을 뿐인데 세상사 모든 번잡함이 사라진 텅 빈 고요의 세계에 도달하게 됩니다. 지친 몸과 마음을 쉬게 하는 최고의 충전상태라 하겠습니다.

　방법은 간단합니다. 들숨과 날숨을 관찰해 마음의 눈으로 숨 쉬는 것을 알아차리기만 하면 됩니다.

붓다의 명상 1단계: 마음관찰
명상의 기초를 다지는 알아차리기

마음관찰 1: 지금 이 순간 알아차리기

마음관찰은 앉고 서고 눕고 움직일 때의 일상사를 있는 그
대로 객관화시켜서 지금 이 순간의 현재를 알아차리는 마음
의 주인공을 찾는 명상수련으로서, 밥 먹을 때는 밥 먹는 것을
알고, 말할 때는 말하는 것을 알고, 성낼 때는 성내는 것을 아
는, 아침에 눈을 뜨고 저녁에 잠들 때까지 마음이 일하는 것을
알고 관찰하는 것을 말합니다.

마음관찰의 훈련인 지금 이 순간 알아차리기는 사띠빠타나
(satipatthana) 알아차림의 토대, 염처(念處)수행으로 현재 이 순

간에 일어나는 대상을 있는 그대로 그때 즉각 알아차리는 현재집중의 마음수행입니다. 마음관찰의 명상수련인 지금 이 순간을 알아차리는 위빠사나 명상의 기본이자 선정과 지혜를 성취하게 하는 사마타 위빠사나의 기초입문 단계입니다. 사마타 위빠사나를 닦으면 깊고 오묘한 이치를 꿰뚫게 됩니다.

위빠사나의 지혜를 획득하기 위해 먼저 몸과 마음의 집합체인 오온(五蘊, 색色-육체, 수受-느낌, 상想-인식, 행行-의도, 식識-의식)을 알아차려야 합니다. 붓다의 명상 첫 단계인 마음관찰은 지금 이 순간과 생각을 알아차리는 수행입니다. 지금 이 순간 생각하는 대상을 일어나는 즉시 알아차리지 않으면 집착의 고리를 벗어날 수 없습니다. 마음관찰은 그런 정신과 물질의 오온을 알아차리는 것입니다.

우리 인간이 오온으로 구성되어 있다는 것을 깨닫지 못하면, 나를 변하지 않는 자아의 실체로 잘못 인식하게 됩니다. 그러므로 바른 견해와 이해를 갖고 이러한 오온을 알아차려야 합니다. 어떻게 오온을 알아차릴 수 있는가? 자신의 몸과 마음에서 일어나는 느낌과 법을 알아차리는 것입니다. 행선(걷기명상)을 할 때 왼발과 오른발을 들고 내려놓는 동작을 주시해 알아차리는 것이고, 좌선할 때 신체의 앉음과 닿음을 알아차리거나 들숨과 날숨의 호흡을 알아차리는 것입니다. 알아차림은 걸을 때는 걷는 것을 알고, 앉고 설 때는 앉고 섬을 아는, 순간에 일어나는 실제적 움직임을 놓치지 않는 것입니다. 다른 육체적, 정신적 현상도 매 순간 놓치지 않고 있는 그대로 알아차려야 합니다. 일어나는 현상들을 알아차리지 못하면 탐욕, 분노, 집착이 발생하게 될 것입니다. 보는 대상 역시 알아차리지 못하면 아름답고 멋있는 외양에 대한 집착으로 발전해, 보고 듣는 나(自我)가 있다는 견해가 발생합니다. 그것은 우리의 주관적 환상입니다. 자아로서의 현상만 있을 뿐, 실체로서의 자아는 없습니다.

정신과 육체의 모든 현상을 알아차리게 되면, 오온을 통해 일어나는 모든 것은 머물지 않고 항상 사라진다는 것을 알게 됩니다. 그 결과 모든 집착은 내려놓아집니다. 현재에 일어나는 생각과 순간을 알아차리게 되면, 모든 것은 언젠가는 사라지는 무상함이며 고정되어 있는 것이 없는 무아이고 고통으로 가득 차 있음을 이해하게 됩니다. 그 결과 마음을 고요히 하고 호흡명상의 문으로 한 발짝 더 나아가게 됩니다.

마음관찰 2: 현재 생각 알아차리기

마음관찰의 두 번째 방법은 현재에 일어나는 생각을 관조하는 것입니다. 일어나는 생각에 어떤 의미도 부여하지 않고, '생각이 일어나면 일어나는구나' 하고 알기만 하면 됩니다. 일어난 생각에 해설을 덧붙일 필요는 없습니다. 생각을 일으키면 텅 빈 고요함은 사라집니다. 텅 빈 고요함은 사념하지 않음을 의미합니다. 사념은 무익한 사유일 뿐입니다.

사념을 무시함으로 인해 내적 속삭임으로부터 자신은 떼어내집니다. 항상 숨을 알아차림으로써 자신의 숨에 익숙해지도록 하십시오. 그것이 방황하는 잡념과 내적 속삭임의 생각을 다루는 옳은 방법입니다.

만일 마음이 자주 떠돌면, 단지 마음을 챙기고 알아차림만 함으로써 마음이 숨과 함께 머무르게 하는 데 도움을 줄 수 있습니다. 일어나는 모든 생각과 내적 속삭임을 버리고 그냥 현재의 고요한 순간만 알아차리면 됩니다.

바로 지금 여기에서 고요한 알아차림으로 우리는 더 큰 기뿜과 행복을 체험하게 됩니다. 그런 기쁨과 행복은 마음의 평안과 삶의 안목과 명료한 지혜를 얻게 합니다.

명칭 붙이기 알아차림

마음관찰의 효과적인 수행방법 중 명칭 붙이기 알아차림이 있습니다. 명칭 붙이기 알아차림은 좌선이나 행선 수행 중 일어나는 생각과 현상을 알아차리게 하는 명상 테크닉으로 수행의 기초를 닦아주는 마음관찰의 한 방법입니다.

명칭을 붙이는 방법은 어떤 소리가 들리면 일차적으로 '들림, 들림' 하고 명칭을 붙여 알아차리고, 생각 때문에 내적 속삭임이 일어나면 '망상, 망상' 하고 알아차린 후, 다시 호흡관찰로 되돌아와 마음을 챙기면 됩니다.

통증이 계속되면 자세를 바꿀 수 있지만, 자세를 바꿀 때는 바꾸려 하는 의도를 먼저 알아차리고 바꾸는 과정의 동작을 하나하나 알아차리면서, 바꾸려고 함, 눈을 뜸, 눈을 감음, 손 듦, 손을 다시 놓음, 자세를 바꿈, 허리를 폄 등을 알아차려야

합니다. 그러고는 다시 수행의 대상인 호흡관찰로 되돌아가
야 합니다.

명칭 붙이기는 마음관찰 기초단계에서 아주 효과적인 수행
입니다. 그러나 지속적인 수행 주제는 아닙니다. 명칭을 붙임
으로 수행의 진보가 어느 정도 이루어졌을 경우 명칭 붙이기
는 할 필요가 없습니다. 명칭 붙이기를 놓고 그냥 알아차리면
됩니다.

더 이상의 명칭 붙이기는 이미 지나가고 사라진 대상을 쫓
아가는 불필요한 알아차림이 됩니다. 과거심불가득(過去心不可
得, 과거의 마음은 얻지 못함)이기 때문입니다.

붓다의 명상 2단계: 호흡관찰
본격적인 선정수행 단계

호흡관찰은 수행의 첫 단계인 마음관찰을 통해 수행의 진전이 이루어졌을 경우 해당되는 본격적 선정수행 단계입니다. 호흡관찰의 기본적 수행방법은 다음과 같이 구성되어 있습니다.

① 숨이 길면 긴 숨인 줄 알아차리기
② 숨이 짧으면 짧은 숨인 줄 알아차리기
③ 숨의 전체 과정 알아차리기
④ 숨을 고요히 하기

위의 ①, ② 항목에서 긴 숨과 짧은 숨의 단계를 밟을 필요

없이 그냥 숨이 긴지 짧은지만 알아차리고 호흡을 지켜보기만 하면 됩니다.

이렇게 호흡관찰 하나에만 주의를 집중하고 마음이 통일되면 호흡의 알아차림은 중단 없이 이어져 마음의 고요와 행복은 매우 깊어집니다. 마음은 경이와 신비 그 자체입니다. 들어서 아는 것과 스스로 체험해 아는 것은 다릅니다.

호흡을 통제하지 마라

호흡은 마음의 눈으로 보는 것입니다. 호흡을 통제하려 해서는 안 됩니다. 호흡은 자연스럽게 객관적으로 보아야 합니다. 마치 구경꾼처럼 숨을 쳐다보아야 합니다. 숨을 자연스럽게 쉬도록 두어야지, 호흡을 조절하거나 그것을 간섭해서는 안 됩니다. 호흡을 조절하고 통제하면 도리어 호흡이 불편해집니다. 일반적인 개념으로 호흡을 알아야 합니다. 숨은 단지 깨어 있는 것입니다. 숨을 안팎으로 따라가서는 안 됩니다. 숨을 느끼려 하지 말고 자연스럽게 마음으로 알기만 해야 합니다. 느끼려 하면 호흡은 무의식적 통제를 낳습니다. 호흡은 느끼는 게 아니고, 마음으로 알아차리는 것이기 때문입니다.

그냥 육체가 숨 쉬는 대로 두고 자연스럽게 호흡을 지켜보십시오. 숨은 자연적으로 지켜보려고 해야지 숨을 알려고 하거나 고요히 하려는 의욕이 개입되면 자기도 모르게 의식적인 숨을 쉬게 됩니다. 평소의 숨마저 잘 알아차리려고 하면 숨을 잘 볼 수 있도록 인위적인 '하는 자(Doer)'가 개입됩니다. '하는 자'는 통제자입니다.

'하는 자'는 긴장되고 의식적인 호흡을 만들어냅니다. '하는 자'는 내려놓고 '아는 자(Knower)'만 있어야 됩니다. 스스로에게 마음이 안정되도록 부드러운 언어의 속삭임으로 감싸주면 됩니다. 호흡을 무의식적으로 통제하고 있는 마음을 내려놓는 순간, 호흡은 고요함의 세계에 도달합니다.

호흡은 자유다

호흡명상은 호흡을 마음으로 알아차리는 것이지 호흡이 닿는 어느 지점을 관찰하는 것이 아닙니다. 호흡은 정해진 곳이 없습니다. 호흡 그 자체가 포인트입니다. 코끝이나 숨이 맞닿는 지점을 관찰해서는 안 됩니다. 호흡의 대상은 마음입니다.

호흡을 어느 한 장소에 초점을 맞추거나 위치를 지정해서는 안 됩니다. 코끝을 보게 하거나 숨이 맞닿는 지점을 보게 하는 방법은 붓다 후대에 만들어진 주석서의 오류입니다.

만약 특정한 장소가 숨의 터칭 포인트가 되어 닿는 부분이 느껴지면 그 포인트를 무시하고 단지 호흡을 알아차리는 '아는 마음'만 유지하십시오. 호흡의 어디를 지켜보는지는 중요하지 않습니다.

마음으로 호흡하라

호흡은 감각의 대상이 아니고 마음의 대상입니다. 그냥 숨 쉬고 있는 것을 경험적으로 알아차리는 '아는 마음'만 있으면 됩니다. 이렇게 함으로써 마음은 점점 더 집중될 것입니다.

그래도 군이 호흡을 어느 장소에 정해야 하거나 호흡이 딱

딱하게 굳어지는 현상이 일어날 경우 '입술이나 입술 위에서 숨을 쉰다 생각하고, 그 숨을 바라보기'만 하면 됩니다.

이처럼 호흡관찰을 하면 집중도가 높아지는 것은 물론이고 숨통이 터진 호흡이 단전까지 연결되면서 온몸이 시원해지고 다 뚫린 자연스러운 단전호흡을 체험하게 됩니다. 우주와 내가 하나가 되는 기맥타통(온몸의 기혈이 뚫리고 순환되는 현상)을 체험하게 됩니다.

만약 상기병(열기가 위로 쏠려 머리가 지끈지끈 아프거나 멍한 병)이 있다면 수승화강(찬 기운은 위로 올라가고 더운 기운은 밑으로 내려오는 것)이 되어 상기가 사라집니다.

호흡에 익숙해지기

가끔 호흡을 인식하는 것이 어렵게 다가올 것입니다. 이것은 숨이 없어서가 아니라 민감한 숨에 익숙하지 않기 때문입니다. 숨을 인식하는 것이 어려워지면 숨을 쉬고 있다는 것을 알기만 하면 됩니다. 그러면 점차 명확한 숨결을 알 수 있을 것입니다.

마음을 호흡에 유지하고 항상 호흡에 깨어 있으십시오. 수행을 통해 호흡에 익숙해지기 위해 몸과 마음을 이완하면서 모든 생각과 망상을 신경 쓰지 말고 들숨과 날숨을 알아차려야 합니다. 생각에 얽혀도 지금은 걱정할 때가 아닙니다. 지금은 오직 명상의 대상인 호흡에만 마음을 계속 유지할 때라고 떠올려야 합니다.

어떤 중요한 사항이 떠올랐을 때, 보통의 경우라면 반드시 기억하거나 심사숙고해야 하는 것일지라도 수행 중에는 생각을 하지 말아야 합니다. 그것은 아무 이익이 없는 공상으로 망상만 낳을 뿐입니다. 모든 생각을 내려놓을 때 비로소 깊은 깨달음을 얻을 수 있습니다.

호흡관찰은 반복훈련이다

호흡관찰은 끊임없는 반복훈련 속에서 이루어집니다. 영웅적 정진이 필요합니다. 계속 시도하면 숨에 집중하는 것에 익숙해지게 됩니다. 골프든 테니스든 기본동작을 익힐 때까지 몇 달 동안 훈련을 받습니다. 그렇게 무수히 반복된 동작은 실제 경기에 임할 때 그 진가가 드러납니다. 무의식 속에 저장된 동작이 자기도 모르게 자동적으로 순발력 있게 반응하기 때문입니다.

이와 같이 호흡명상도 고요한 침묵 속에서 거듭 반복된 알아차림에 의해 호흡을 명확히 인식하게 될 때, 자기도 모르게 호흡의 절대심연 속으로 들어가 몸과 마음이 사라지고 우주도 사라집니다. 세상의 그 어떤 가치도 뛰어넘는 무한을 체험하게 됩니다.

그러나 정진도 알맞게 중도를 유지해야지, 너무 애쓰면 안됩니다. 정신적 압박과 육체적 피로 같은 집중력을 떨어뜨리는 문젯거리를 만들 수 있기 때문입니다. 반면에 너무 느슨한 노력은 실현될 수 없는 헛된 공상을 하게 할 것입니다.

호흡관찰에 집중이 잘 안 될 때는 들숨과 날숨을 알아차리는 방법으로 호흡 시 숫자를 세거나 만트라(주문)를 응용해도 좋습니다. 불교의 전통에서는 호흡에다 염불의 명칭을 붙여 마음을 합일해 나가면서 만트라의 공력도 얻게 합니다.

호흡에다 마음을 두고 숨이 들고 남을 알아차리면서 만트라를 외우는 방법입니다. 불교의 전통에서는 호흡을 관찰하면서 들숨과 날숨에 만트라의 대상을 붓다로 하여 들숨일 때는 '붓', 날숨일 때는 '다', 하면서 호흡을 알아차립니다. 그러다가 호흡이 안정되고 집중이 호전되면 만트라를 놓고 단지 들숨, 날숨에만 깨어 있어야 합니다. 다른 종교를 가진 분은 각자의 믿음에 따라 들숨과 날숨에 만트라의 대상을 '여호와', '예수' 또는 '알라' 등으로 하여 호흡을 알아차리면 됩니다. 진리는 하나이건만, 사람의 인식에 따라 둘로 갈라지기도 합니다. 하나의 진리 속에 온 우주가 담겨 있습니다. 모든 진리(부처님, 하나님)는 한 사람의 것이기도 하지만 모든 사람의 것이기도 합니다.

호흡명상은 한 단계씩 나아가며 익숙해졌을 때 순차적으로 다음 단계로 나아가야 합니다. 너무 서둘러 나아가면 사상누각이 되고 만다는 사실을 염두에 두어야 합니다.

첫 번째 단계의 마음관찰 수행을 잘했다면 과거와 미래로 방황하는 망상은 이미 수행을 방해하지 않게 됩니다. 그러나 호흡집중에 어려움이 있다면 수행의 기초입문인 마음관찰 수행을 서둘렀다는 뜻입니다.

호흡을 한순간도 놓치지 않고 20~30분 동안 집중할 수 있다면, 호흡관찰이 완전히 숙달된 단계에 도달했음을 의미합니다. 이제는 수행의 고수급 단계인 '호흡 전체 보기'로 나아갈 수 있습니다.

이제부터 즐겁고 고요한 마음의 평화와 행복을 경험하실 것입니다. 그러나 호흡관찰 수행이 진전되지 않거나 익숙하지 않을 때는 간화선 화두수행을 병행하는 것도 매우 유익합니다. 간화선은 사마타 위빠사나가 동시에 진행되는, 붓다의 명상이 진화 발전된 탁월한 정혜쌍수의 명상입니다. 남방의 어느 위빠사나와는 비교가 안 될 정도입니다.

붓다의 명상 3단계: 호흡 전체 보기
부드럽고 아름답고 황홀한 호흡이 등장

20~30분 연속적으로 숨에 집중할 수 있다면 당신의 집중력
은 상당히 좋다고 할 수 있습니다. 이제부터는 들숨과 날숨의
시작과 중간과 끝으로 이어지는 숨의 전체를 집중해보십시오

들숨과 날숨이 시작하는 곳에서 끝나는 순간까지 호흡의
전체를 관찰하는 것입니다. 이런 식으로 호흡의 전체 보기를
수행하면 마음은 달아나지 않고 집중은 더 깊어지게 됩니다.

호흡의 전체 과정인 들숨과 날숨의 시작과 중간, 그리고 호
흡이 끝나고 사라지는 과정을 알아차리고 보아야 합니다.

이 호흡 과정은 고요한 현재 이 순간 만나게 됩니다. 호흡에 집중을 잘하려고 하면 도리어 호흡이 막힙니다. 숨은 저절로 쉬게 두어야 합니다. 마음은 마음이 들뜬 원인과 착심(着心, 하고자 하는 의지적 마음)을 제거하면 곧 고요하게 멈추어집니다.

호흡의 전체를 보되, 숨이 쉬어지는 자연 그대로 본다는 마음으로 보아야 합니다. 숨을 있는 그대로 내버려두어야지, 고의로 길거나 짧게 만들어서는 안 됩니다. 호흡이 길든 짧든 단지 호흡 전체만 아십시오. 이런 식으로 인내심을 가지고 수행하면 우리의 집중은 점점 안정될 것입니다.

숨을 놓치지 않고 편안히 호흡의 전체 과정을 보게 되면 거칠었던 호흡이 매우 부드럽고 미세해지면서 점차 사라집니다. 호흡은 고요히 가라앉고 부드러워지면서 이제까지 경험하지 못한 부드럽고 아름답고 황홀한 호흡이 등장합니다. 호흡만족이 일어납니다.

이러한 호흡은 매우 평화롭고 고요하며 놀랍도록 감미롭다는 것을 인식하게 됩니다. 허공과 하나가 된 부드럽고 '감미로운 호흡' 단계에 진입하는 순간입니다.

이 단계에서는 마음이 이 일을 알아서 진행하며 수행의 내공은 힘을 들이지 않고 저절로 이루어집니다. 이러한 허공과 하나 된 '감미로운 호흡'에 이르기 위해서는 반복된 수련의 시간이 필요합니다.

모든 호흡의 알아차림을 한순간도 놓치지 않는 염념상속(念念相續, 생각과 생각에 알아차림이 계속 이어짐)이 한두 시간 경과하면 좌선 때마다 한 시간 이상, 사흘 연속 이상 호흡에 집중할 수 있습니다. 바로 그때 아름다운 마음의 빛인 심월(心月, 큰스님들이 주로 사용하는 용어로, 빠알리어로는 니미따nimitta, 영어로는 sign으로 옮겨져 있다)이 일부 서서히 나타나기도 합니다.

심월은 삼매의 증명이며 선정수행의 결정체입니다. 이는 마음이 정화된 깊은 집중력에 의한 결과입니다. 수행이 높아짐에 따라 심안(마음의 눈)을 통해 보름달 같은 형상이나 빛이 수행 중에 나타나는 것을 보게 됩니다. 심월은 매우 아름답고 환상적입니다.

붓다의 명상 4단계 : 감미로운 호흡
순수한 알아차림의 '아는 마음'이 있을 때

이 단계는 수행의 도약판이라 할 수 있는 상급단계입니다. 마음은 매 순간 허공과 하나 된 우주 허공 그 자체의 평온한 호흡만 있게 되고, 시간과 공간이 사라진 평화로운 지복(至福)의 상태로 향합니다.

호흡이 차츰 사라지면서 호흡의 결정체요, 극치인 '감미로운 호흡'이 진행됩니다. 이것은 '아름다운 호흡'으로도 불립니다. 거친 호흡이 고요하고 평화롭게 될 때, 호흡은 점차 사라져 무호흡이 됩니다. 그러면서 오감은 사라지게 됩니다.

생각과 몸의 감각과 외부의 모든 소리는 차단되어갑니다.

남는 대상은 지금까지 체험하지 못한 황홀감과 행복의 극치요, 신비감 그 자체입니다. 이 상쾌함의 절정과 황홀함의 행복은 말로 표현할 수 없는, 언어의 세계를 넘어선 경지입니다. 그 어떤 힘과 의지로는 도달할 수 없는 곳입니다. 온 우주를 놓아버리는 마음으로만 경험할 수 있습니다. 허공과 하나가 된 호흡, 감미로운 호흡의 극치를 체험하게 됩니다.

이는 자연 그대로의 순수한 알아차림의 '아는 마음'이 있을 때 가능합니다. 의지의 통제력으로 호흡을 관찰하는 것으로는 그 순일한 호흡을 성취할 수 없습니다. 고요와 평화의 감미로운 호흡으로 가는 길은 완전히 놓아버림으로써 열릴 것입니다.

마음으로부터 그 모든 것에서 내려놓아 그 어떤 경계에도 방해받지 않고 호흡이 편안하게 지속적으로 유지되면, 호흡은 아주 고요해집니다. 이런 체험 후에는 저절로 하고 싶어 틈만 나면 앉고 싶을 것입니다. 수행의 완숙단계에 들어선 것입니다.

아무것도 하지 마라

감미로운 호흡의 단계에서는 아무것도 하지 마십시오. 절대로 아무것도 해서는 안 됩니다. 그 어떤 인위적인 마음도 있어서는 안 됩니다. 단지 지켜만 보십시오. '아는 마음'만 있으면 됩니다. 그럴 때 허공과 하나가 된 아름다운 호흡을 매 순간 놓치지 않고 연속적으로 알아차리게 됩니다.

이 부드럽고 감미로운 호흡은 그냥 지켜보기만 해도 행복과 평화 그 자체이기에 억지로 호흡을 쳐다볼 필요가 없습니다. '하는 자' 없이 그저 오랜 시간을 허공 속의 아름답고 감미로운 호흡만 즐기는 세계입니다. 이 단계부터는 '하는 자'가 없어야 합니다. 뭔가 하려고 하면, 아름다운 호흡은 사라지고 처음 과정으로 되돌아가야 합니다. 의지가 개입되면 안 됩니다.

여러분은 수동적으로 지켜보는 '아는 자'일 뿐입니다. 여기에서 효율적 수행기법은 잠시 고요의 정적을 깨고, 단지 자신에게 "부드럽게" 또는 "고요하게"라고 속삭이면서, 마음을 가볍게 터치해주는 것뿐입니다. 이것이 전부입니다. 호흡을 수동적으로 지켜만 볼 뿐, 들숨과 날숨의 인식과, 호흡의 처음과 끝이라는 인식의 알아차림을 놓아야 합니다. 그냥 아는 것은 오직 지금 일어나고 있는 호흡의 극치 단계인 감미로운 호흡뿐입니다.

이 단계에서 우리의 마음은 매우 섬세해 약간의 지시에도 그 명령을 잘 이행하게 됩니다. 호흡이 얼마나 고요하고 평화로운지, 어떻게 시공을 초월하는지 지켜보는 것입니다. 훨씬 더 부드럽고 솜사탕처럼 감미로운 호흡을 즐기도록 충분한 시간을 가지기만 하면 됩니다. 제 경험으로는 사통팔달이 다 뚫린 시원한 오장육부의 호흡이, 허공의 공기통로에서 숨 쉬는 것같이 우주와 한 몸이 된 호흡이었습니다. 무아지경의 엑스터시에 이른 황홀감의 극치라고 표현할 수밖에 없습니다. 무아지경은 무의식 상태의 순수의식입니다. 그것은 우리의 관념으로 축적된 주관적 에고의 의식을 완전히 정화시킨 순백의 마음상태로 되돌려줍니다.

붓다의 명상 5단계: 마음의 보름달
호흡의 극치에서 일어나는 순수한 마음의 실재

니미따의 체험은 호흡의 극치인 감미로운 호흡의 수행단계에서 자연스럽게 자동으로 진입되는 단계로, 몸의 감촉을 비롯한 다섯 가지 감각(시각, 후각, 미각, 청각, 촉각)을 느끼지 못할 정도로 외부에 대한 인식작동이 거의 멈추게 됩니다. 오직 아름다운 정신적 대상의 심월인 찬란한 빛만을 완전하게 경험하게 되는 최상급 단계의 수행에 들어서게 된 것입니다.

니미따는 호흡의 극치에서 일어나는 순수한 마음의 실재입니다. 육체적 느낌이 아닌 정신적 영역의 실존입니다. 일찍이 보지 못한 신비로운 현상을 체험하게 될 것입니다. 니미따는 황홀하고 감미로운 호흡을 경험하고 난 뒤에 자연스럽게 나타납니다. 아름답습니다. 황홀합니다. 일생 동안 이보다 더 아름다운 형상의 빛을 본 적이 없을 것입니다. 그러나 실재합니다. 동서 상하 좌우 자유자재로 호흡이 뚫립니다. 호흡의 숨통이 터지면서 휘황찬란한 빛을 보게 됩니다. 행복과 텅 빈 고요함 속에서 느끼는 시원하고 황홀한 호흡입니다. 호흡이 텅 빈 우주와 하나가 될 때, 호흡은 사라지고 허공 속에서 쏟아지는 빛만 남게 됩니다. '아는 마음'만 존재할 뿐, 바깥의 모든 소리는 차단되어 들리지 않습니다.

'어떻게 이렇게 아름다운 빛이 있을까?' 할 정도로 그 무엇보다 밝게 빛나고, 수정보다 파랗게 빛나는 수많은 별빛이 우주공간에서 3D 형태로 빛을 쏟아냅니다.

이미 언어의 세계를 넘어섰습니다. 언어로 형용할 수 없는 아름다운 심연의 새파란 빛이 나타납니다. 잠시 앉아 있는 것 같지만 두세 시간은 금방 지나갑니다.

현재에 만족하라

니미따의 형태나 모양, 빛깔에 주의를 기울일 필요는 없습니다. 마음이 원하는 대로 아는 마음만 유지하십시오. 니미따가 흐리게 나타나거나 자주 움직이는 이유는 마음의 만족이 깊지 못하기 때문입니다.

현재에 만족해야 합니다. 현재에 행복하지 못하면 니미따는 오래 머물지 않습니다. 철저히 모든 것을 내려놓으십시오. 내려놓아야 합니다. 빛이 오래 머물지 않거나 희미하게 나타나는 이유는 현재에 만족하는 마음이 깊지 않기 때문입니다.

우리는 항상 원하는 마음에 놓여 있습니다. 얻으려는 그 마음 때문에 도리어 얻지 못합니다. 얻고자 하면 도리어 수고로움이 되고 없는 것만 못하게 됩니다.

선정의 문은 완전히 놓아버리는 상태에서 열립니다. 믿을 수 없을 정도로 깊은 만족의 상태인 놓아버림의 상태입니다. 깨치고자 하면 깨치지 못합니다. 현재에 만족하고 행복해하는 것이 중요합니다. 그저 호흡에 만족하십시오. 그러면 아름다운 빛과 삼매는 저절로 함께할 것입니다. 빛이 나타나면 마음이 원하는 대로 기울도록 그냥 놔두십시오. 마음은 보통 빛의 중심으로 향합니다. 그 중심에 가장 찬란하게 빛나는 아름다운 빛이 있습니다.

그 빛의 중심에 몰입될 때, 빛은 온몸을 뒤덮는 것같이 확장됩니다. 온몸에 빛이 휩싸일 때, 그 모든 것을 놓아버리고 황홀한 빛을 즐기는 우주여행 속으로 들어가면 됩니다.

마음이 황홀한 기쁨과 즐거운 행복, 텅 빈 고요의 무아경지에 저절로 몰입되도록 두면서 선정이 일어나도록 모든 마음을 내려놓으십시오. 선정은 '완전한 내려놓음'에서 증득할 수 있습니다. 이는 철저히 포기하고 놓아버리며 마음을 비우는 능력으로 이루어집니다.

빛은
① 호흡이 사라지고 무호흡일 때 나타납니다.
② 오감이 멈추고 외부의 소리가 완전히 차단될 때 나타납니다.
③ 미세한 번뇌(내적인 말이나 소리)가 완전히 소멸된, 오직 텅 빈 고요한 마음상태에서만 나타납니다.

그 빛은

① 어떤 색보다 몇 천 배 더 찬란히 빛나는 아름다운 색입니다.

② 깜깜한 방 안에서도 밝게 나타납니다.

붓다의 명상 6단계: 선정

모든 고통과 생사를 초월하게 하는 원천

수행 초기에는 항상 뭔가를 하려고 하는 의지의 작동이 아주 선명한 반면, 선정에 들기 전 단계부터 '하는 자'가 아주 고요해집니다. 그러나 선정에 들기 전에는 미세하게 작동합니다. 선정에 들어서야 완전히 멈춰지고 오직 '아는 자', 즉 '아는 마음'만 남게 됩니다.

기쁨, 즐거움, 행복, 절대고요의 평온이라는 대상만 있고, 그 대상을 아는 마음 외에 모든 통제력은 상실되었습니다. 우리의 의지는 전혀 개입될 수 없습니다. 선정은 장시간 지속되는 속성을 가지고 있습니다. 몇 분이 아닌 최소한 몇 시간, 또는 며칠 동안 무아지경 상태에 들 수도 있습니다. 그러나 명확히 알아차리고 있습니다.

선정삼매는 우리 인생에서 최고로 심오한 무위(無爲, 스스로의 노력 없는)의 세계로, 육신을 가진 채로 육신 없는 세계로, 이기적인 마음이 없는 오로지 순백한 행복감 속으로 이끌어갑니다. 따스한 봄날의 햇볕처럼 선정삼매가 우리를 감싸도록 충분히 즐기십시오.

선정삼매는 선열위식의 세계입니다. 선열위식(禪悅爲食)이란 선의 희열을 음식으로 삼는다는 뜻이며, 희열은 깨달음으로 가는 중요한 일곱 가지 요소인 칠각지 중 하나입니다. 대개의 경우, 선정의 문으로 들어가는 길에서 흥분과 두려움이라는 두 가지의 장애를 만나게 될 것입니다. 깊은 몰입의 삼매로 들어서면서 황홀함의 극치를 난생 처음 체험하는 순간, 가슴에 몰아치는 흥분감은 억제하기 힘들어지기도 합니다.

이러한 감정을 무덤덤하게 진정시킬 수 있을 때, 지상 최고의 절대적 기쁨과 지고지순의 무한한 행복감, 그리고 절대평온의 고요함을 경험하게 되면서 육체적, 정신적, 언어적 형성은 소멸하게 됩니다. 그러나 의식은 지복의 상태로 명확히 깨어 있으며, 감각기관들은 아주 청정해집니다. 호흡은 멎은 것 같지만 체열도 있고 혈액에 산소가 정상적으로 공급됩니다.

선정삼매의 공덕은 중생이 안고 있는 모든 고통과 생사를 초월하게 하는 원천이며, 그 선정의 힘 때문에 웬만한 악업을 지었더라도 절대로 악처에 떨어지지 않고, 내생에 좋은 곳에 태어나게 되는 아주 강한 선업(善業)이 됩니다. 그러나 말하는 것이나 듣는 것만으로는 견고한 이 길을 쫓아갈 수 없습니다. 선정을 수행함으로 악마의 속박에서 해탈합니다.

빛을 경험하고 난 뒤에 선정이 일어나면
① 온몸이 사라지고 시간과 공간을 초월합니다.
② 아무런 생각도 어떤 결정도 할 수 없습니다.
③ 선택의 여지가 없습니다.
④ 오로지 알아차림의 '아는 마음'만 있습니다.
⑤ 지금 여기에서의 행복한 삶을 영위합니다.
⑥ 영원한 대자유인이 되는 열반의 토대를 마련합니다.
⑦ 오신통의 초능력을 얻습니다.
⑧ 범천의 하늘 세계에서 태어납니다.
⑨ 멸진정을 증득합니다.

사랑 호르몬, 선정
더할 나위 없는 최고 행복 위의 상태

선정은 표현할 수가 없습니다. 언어로는 전달하기가 쉽지 않습니다. 그러나 이해하기 쉽게 먼저 생리학적으로 설명해 보겠습니다. 행복 물질 세로토닌과 도파민, 옥시토신이 선정 상태에서는 보통의 삼매 상태에서보다 더욱더 폭발적으로 분출되는 것 같습니다. 다수의 경험자의 증언과 함께 개인적인 경험으로도 세로토닌, 도파민, 옥시토신의 생리적 작용을 육체와 정신으로 체험할 수 있었습니다.

우선 자신이 갖고 있는 고질병 등이 완화되거나 거의 완치됩니다. 저자의 경우 오십견과 고질적 허리 통증은 저절로 나았고, 목 디스크는 놀랄 만하게 통증이 사라졌습니다. 흔히 말하는 기맥타통이 좌선 중에 이루어졌습니다.

　세로토닌은 뇌와 장 등에서 생성되는 행복한 감정을 느끼게 해주는 물질로, 호르몬이 아님에도 행복 호르몬(happiness hormone)으로 불리기도 합니다. 세로토닌은 첫째, 감각적 영향으로 통증을 완화합니다. 둘째, 근육적 영향으로 항중력근을 활성화합니다. 이에 따라 척추 근육이 반듯해져 자세가 좋아지고 척추 측만증이 교정될 뿐 아니라 얼굴 표정이 밝아집니다. 셋째, 정서적으로는 공황장애, 우울증, 불면증, 건강염려증, 불안증을 등에 영향을 줍니다. 또한 치매 예방, 기억력 향상과 두뇌 발달에도 영향을 미칩니다.

　도파민은 인간이 살아가는 데 의욕과 흥미를 부여하는 신경전달 물질에 영향을 미치는 물질입니다. 의욕, 성욕, 열정, 인지, 운동 조절 등 뇌에 다방면으로 관여하는데 너무 과도하거나 부족하면 조현병, 치매, 우울장애 증상을 유발하기도 합니다. 이때 세로토닌이 도파민의 과다를 조절해준다고 합니다.

　불교의 깨침은 자비를 드러냅니다. 옥시토신이 바로 그러한 역할을 하는 '사랑 호르몬'입니다. 옥시토신은 이타심과 신뢰,

사랑의 감정을 높여주는 기능을 합니다. 특히, 옥시토신은 다이어트에도 도움을 주는데, 언론보도에 따르면 미국 하버드 의대 엘리자베스 로손 박사 연구팀의 연구결과 음식에 옥시토신을 뿌린 그룹은 식사를 할 때 지방의 양을 9그램 정도 적게 섭취했고, 칼로리 면에서도 평균 122킬로칼로리를 덜 섭취하는 것으로 나타났다고 합니다.

선정의 특성과 네 가지 선정(四禪定)
시간의 관념과 공간의 개념을 넘어서는 경지

선정은 한 번도 경험하지 못한 신비의 세계를 체험하게 합니다. 선정을 체험한 사람은 신과의 합일이라고까지 합니다. 선정은 초강력 황홀경의 엑스터시입니다. 무아의 경지를 알게 합니다. 선정을 경험하는 순간부터 그 모든 것은 사라집니다. 시간에 대한 관념과 공간의 개념을 넘어섭니다.

오로지 아는 것은 강력한 알아차림 뿐입니다. 하고자 하는 의도인 'I will'과 'doing' 대신 열락과 깊고 깊은 고요의 극치만 있습니다. 선정 속에서 입출정의 마음을 일으킨다는 것은 불가능합니다. 선정의 특성은 모든 것을 꼼짝하지 못하게 얼어붙게 만드는 부동(不動)입니다. 그리고 우리 수행자가 꼭 유넘해야 할 것은 선정은 고타마 싯다르타 이전에는 역사상 그 누구도 경험하지 못했다는 것입니다.

선정은 오로지 붓다만이 발견한 불교에서만 가르치는 심오하고 경이로운 경지입니다. 그래서 팔정도가 있으면 불교요, 팔정도가 없으면 불교가 아니라고 했습니다. 팔정도만이 불교의 거룩한 불멸의 네 가지 진리인 사성제(四聖諦)를 체득하게 할 수 있기 때문입니다.

고대 초기경전에는 곳곳에 다른 종교지도자들이 "아무것도 생각하지 않을 수 없는 세계란 없다"라고 기록하고 있습니다. 선정이라는 이름만 존재했을 뿐입니다. 그렇지 않다면 싯다르타는 왜 그 시대 최고의 명상 대가(웃다카 라마뿟다)에게 사선(四禪)을 증득해야만 체험할 수 있는 비상비비상처의 경지를 성취하고서도 6년 고행을 다시 했어야 합니까? 그리고 6년 고행 후에 다시 수행한 것이 선정이라는 사실을 숙지해야 합니다.

초선(初禪, first jhāna)

선정의 구성요소는 전부 여섯 가지가 있습니다. 심(尋), 사
(伺), 희(喜·悅), 락(樂), 심일경성(心一境性), 사(捨, 언제나 평온하고
집착이 없는 무심의 상태)입니다. 붓다의 초기불교 용어인 빠알리
어로는 위따까(vitakka, 尋), 위짜라(vicāra, 伺), 삐띠(pīti, 喜), 수
카(sukha, 樂), 에까가타(ekaggatā, 心一境性), 우뻭카(upekkhā, 捨, 평
온)입니다. 아비담마와 경전에서는 선정의 요소를 다섯 가
지로 구성합니다. 또한 고대 초기경전에서는 우뻭카라는 선
정의 특성이 제삼선과 제사선에서 나타난다고 기록되어 있
습니다.

초선의 구성요소는 심, 사, 희, 락 심일경성의 다섯 가지입
니다. 위따까, 심(尋)은 현재 번역되고 있는 '일으킨 생각'이 아
니고 열·락(삐띠·수카)의 지복으로 향하여 자동으로 움직이는
자동항법장치와 같은 '자동적 다가감'입니다. 위짜라, 사(伺)는
'지속적 고찰'이 아닌 삐띠·수카(열락)에 대한 무의식적 '자동
적 움켜줌'입니다.

미세한 생각이나 어떤 사념일지라도 선정에 들기 전 일반적

삼매 상태에서부터 벌써 멈추게 됩니다. 하물며 선정의 맑디맑으며 고요하고 순일한 정제된 상태에서는 '일으킨 생각'이나 '지속적 고찰' 같은 한 생각을 일으키는 의도하는 마음은 불가능합니다. 삐띠는 기쁨·희열로, 수카는 행복·즐거움으로 번역됩니다. '우주와 하나' 또는 '신과의 합일'로 이해되듯이 이해의 영역을 넘은 더할 나위 없는 황홀세계를 경험하게 됩니다.

심일경성은 현재 순간만 존재하는 초집중 몰입상태의 무아의 경지입니다. 고매하고 숭고한 기쁨과 행복의 최정상인 희락·열락에만 몰입되어 있습니다.

초선정의 경험은 시각, 청각, 후각, 미각, 촉각의 다섯 가지 감각기능이 쾌락을 추구하게 만드는 무거운 짐인 것을 깨닫게 됩니다. 다섯 가지 센스 기능을 넘어서는 최상의 행복과 기쁨이 존재하는 것을 그때야 비로소 알게 됩니다.

우리가 알고 있던 세계는 사라지고 새로운 '제삼의 눈'이 열리게 됩니다. 이러한 초선의 체험은 제행개고(형성된 것은 모두가 고통)에 대한 붓다의 사성제(불멸의 고귀한 네 가지 진리)를 통찰하는 데 대한 토대가 됩니다.

제이선(二禪, second jhāna)

완벽한 삼매의 경지를 체험하게 됩니다. 더 이상 이렇게 깊고 고요한 마음의 멈춤이 있을 수 없습니다. 이제는 모든 마음의 동요가 사라지고 맙니다. 이선에서만이 아닌, 더 위의 경지인 삼선, 사선정들의 특성으로도 남는 고요한 침묵의 세계로 향하게 됩니다. 위따까, 위짜라도 사라졌습니다. 삐띠(기쁨), 수카(행복), 에까가타(초집중 몰입 삼매)만 있는 경지입니다. 일체 하고자 하는 함과 행위자 'doing'과 'doer'는 모두 멈췄습니다. 무의식적으로도 의도된 활동은 일어날 수 없습니다.

제삼선(三禪, third jhāna)

삼선에서는 이제 삐띠도 사라집니다. 수카와 에까가타만 남습니다. 삼선에서 마음에 새겨지는 기억은 고요함보다 높은 단계인 다른 차원의 경지, 더할 나위 없는 행복의 세계를 경험하게 됩니다.

삼선을 체험하면 이선에서 붙어 있던 열락(pīti+sukha)의 희

열(pīti)은 수카(sukha, 행복)에 비하여 비로소 지복(至福)의 작은 부분이 되고 맙니다. 선정에서 마음은 '아는 자(knower)'이며 '앎(knowing)'은 마음의 느낌인 이미지 심상입니다. '아는 자'의 조용하고 평화로운 상태가 더 지속되면서, 알아지는 것(known)의 '앎'의 깊이도 훨씬 더 심오하게 내공이 깊어집니다.

삼선의 더할 나위 없는 행복의 열락은 더 고요하고 매우 편안하며 평온합니다. 알아차림이 더욱더 깊어지고 명확한 앎이 예리하게 작동하면서 평안하고 고요한 우펙카라는 '영혼의 샤워'인 제사선의 순수 특징 요소가 나타납니다.

그래서 삼선에서는 초선의 심(尋, vitakka, 자동적 다가감), 사(伺, vicāra, 자동적 움켜짐)와 이선의 희(喜, pīt, 기쁨)는 사라지고, 락(樂, sukha, 행복 즐거움)과 심일경성(心一境性, ekaggatā, 초집중 몰입 삼매), 그리고 평온(平穩, upekkhā, 고요의 극치)만 있는 선정 요소로 구성됩니다.

제사선(四禪, forth jhāna)

사선에서는 아무것도 없고 오로지 평온과 무아지경의 심일경성뿐입니다. 천둥 번개가 울려도 들리지 않습니다. 사선의 특징인 우뻭카만 강력하게 존재합니다. 좋고 싫은 것이 완전히 사라지는 완벽한 무심의 경지입니다. 열락이 잠재워질 때 유일하게 남는 사선의 경이로운 적막인 고요한 침묵의 평화입니다.

사선은 완벽한 고요한 침묵의 멈춤을 보는 평온의 극치를 멈춘 '아는 자'입니다. 사선의 경지를 증득하면 그 이전의 선정들은 열락의 지복일지라도 고통의 함유라고 이해되는 대상이 됩니다.

사선에서 '아는 자'의 고요한 평온의 극치가 깊어질 때 선정의 특징인 황홀경, 몰아지경, 열락의 놀라운 지복에 대하여 알아진 것의 '앎'은 더욱 깊은 침묵의 고요한 평화 속 무심 경지로 들어갑니다. 시간과 공간이 완전히 사라졌습니다. 시간 가는 줄 모릅니다. 전생도 알 수 있는 내공으로 다가갑니다. 미래를 예측하는 예지력도 깊어집니다. 인간 세상의 삶을 완전히 바꿉니다. 범부에서 성자가 되는 근본 씨앗인 종성(種性)이 바뀝니다.

선정의 체험을 말로서 표현해내기는 거의 불가능합니다. 이와 같은 경험의 언설들은 말길이 끊어진 언어도단의 세계입니다. 사선정(四禪定)은 사람의 인식을 벗어난 영역으로, 육신을 가지고 있으면서 육신 없는 육신을 어떤 언어로 형용할 수 있을까요. 너무나도 다른 세상 밖의 영육을 벗어난 이야기입니다. 선정의 내공이 더 높은 단계를 증득하고 선정의 힘이 더 깊어질수록 그 경이로움의 체험은 말로 전달하기가 더 어려워집니다.

사선을 얻고 난 뒤에는 공무변처, 식무변처, 무소유처, 비상비비상처의 무색계처를 체험할 수 있습니다. 그리고 멸진정을 얻어 아라한이 되거나 최소한 불환과의 경지에 이르는 성자가 됩니다. 여기에서 알아야 될 것이 있습니다. 무색계처는 무색계 선정이 아닙니다. 고대 초기경전에 무색계처(아루빠 또는 아루빠 아야타나, arūpa āyatana)로 명명되어 있지 어느 곳에도 무색계 선정(아루빠 자나, arūpa jhāna)이라고는 기록되어 있지 않습니다.

선정의 입출정

아잔 브람의 선정 체험에 대한 네 개의 방

사선정의 기준점인 지표와 표식은 선정 삼매에서 출정하여 이를 상기하여 회상해본 이후에야 그 경험을 정확히 알 수 있습니다. 선정 상태일 때는 도저히 생각을 움직일 수 없고 생각 자체는 얼어붙어버려서 어찌하지 못합니다. 그런데 어떻게 미얀마의 어느 전통같이 선정에서 선정으로 입출정의 이동이 가능해질까요? 그것은 테크닉일 뿐 불가능합니다. 선정은 원심력의 법칙과 같이 평소의 탐착심을 내려놓은 고요한 마음 상태에서 저절로 이루어지는 자연발생적인 현상입니다. 인위적으로 선정에서 선정으로 이동하는 것은 절대로 있을 수 없습니다.

아잔 브람에게 가르침을 받은 선정 체험에 대한 네 개의 방 비유입니다.

네 개의 방이 있는 집이 있습니다. 그 집에는 출입문이 유일하게 하나만 있습니다. 첫 번째 방으로 들어가려면 처음의 그 문을 거쳐야 합니다. 두 번째 방은 첫 번째 방을 거쳐야 하고, 세 번째 방은 두 번째 방을 거쳐서, 네 번째 방은 세 번째 방을 들러야만 갈 수 있습니다. 그 집을 나올 때 역시, 네 번째 방에서부터 역순으로 세 번째, 두 번째, 첫 번째 방을 거쳐서 돌아나옵니다. 이제 집 밖으로 나오려면 처음 들어올 때 통과했던 하나뿐인 출입문을 통해서 나옵니다.

그런데 그 집의 모든 방들의 바닥은 참기름이 뿌려져 있어서 매우 미끄럽습니다. 그런 상태에서는 조금도 힘을 쓸 수 있는 상황이 아닙니다. 그 어떤 최소한의 미약한 추동력도 더 얻을 수 없는 상태입니다. 그래서 만약 처음에 약간의 추동력으로 그 집에 들어가서 미끄러진다면 첫 번째 방에서 멈추고 말 것입니다. 볼링공을 언덕으로 힘차게 던지면 굴린 만큼 올라갔다 되돌아오는 것과 같습니다. 볼링공을 더 힘차게 가속력을 붙여서 던진다면 목표 지점까지 도달하듯이 그 집의 방도 좀 더 강한 추동력을 가지고 미끄럼질하여 들어가면, 두 번째 방, 세 번째 방 또는 네 번째 방까지 통과하여 멈추게 됩니다.

약간의 삼매력으로 선정에 들어가도 수행자는 초선(初禪)에서 멈추고 맙니다. 좀 더 깊은 삼매력이 증장되면 이선(二禪) 또는 삼선(三禪)에 도달합니다. 선정에 드는 깊은 삼매력은 강한 추진력에 있습니다. 훨씬 강하고 파워풀한 추진력이 있다면 수행자는 저절로 사선(四禪)에 이를 수 있습니다. 여기에서 선정으로 들어가는 삼매의 추진력은 입정하기 전, 선정에 들기 전 통제할 수 있는 밖에서만 배양하고 기를 수 있습니다.

여기서 추진력이란 내려놓음의 추진력인 '방하착'을 의미합니다. 방하착(放下着)이란 애착 집착을 내려놓은 무심을 말합니다. 좀 더 강한 방하착은 초선에 들면서 자동성 경향으로 이선, 삼선, 사선에 도달하게 하는 수행의 힘입니다. 선정 속에서는 입출정을 할 수 없듯이 선정 상태에 있는 경우에는 방하착의 추동력을 가할 수 없습니다. 집착하는 마음을 내려놓고 사랑하고 미워하는 분별심을 간택하지 않을 때 추동력은 강해지며, 놓아버림에서 오는 놀라운 열락을 체험할 때 방하착의 힘은 더욱 배가됩니다.

지혜와 니르바나(해탈, 열반)

제행무상, 제행개고, 제법무아의 삼법인

　선정을 이룬 자에게는 제행무상, 제행개고, 제법무아의 삼법인에 대한 세상에 존재하지 않았던 진리의 지혜 통찰이 자동적으로 일어나게 됩니다. 제행무상(諸行無常)이란 일체 조건적으로 만들어지고 형성된 것은 일시적이고 싫증나며 영원하지 않다는 말입니다. 제행개고(諸行皆苦)는 일체 조건적으로 만들어지고 형성된 것은 모두가 고통이라는 뜻입니다. 제법무아(諸法無我)는 "우리의 몸과 마음은 본래가 텅 비어 있는 고정된 실체가 없는 무아이다. 그래서 그 어디에도 물들지 않는 부처이다."라는 뜻으로 존재하는 그 모든 것은 내 마음대로 되는 것이 없고 '나'도 아니고 '내 것'도 아니고 소유자가 없다는 의미입니다.

무상(無常)에 대한 반조(아니짜 아누빠사나, anicca-anupassanā)

무상에 대한 반조는 법수관(法隨觀)의 첫 번째 수행으로서 아니짜 아누빠사나라고 합니다. 반조(返照)란 위빠사나(內觀, 내면 관찰)에서 법의 대상인 무상·무아를 점점 더 깊이 반복하여 고찰하고 숙고하고 관하는 실제적 위빠사나로서 이를 아누빠사나라고 합니다. 반야심경의 오온개공(五蘊皆空, 색色-육체, 수受-느낌, 상想-인식, 행行-의도, 식識-의식의 다섯 가지 집합체인 오온이 텅 비어 실체가 없는 것을 말한다)의 조견(照見, 빛을 비추듯이 자세히 살펴서 보는 것)과 같습니다.

나라고 여기는 것의 실체는 없습니다. 나라는 것의 존재로 느껴지는 것은 육체, 느낌, 인식, 감정·의도, 의식 다섯 가지 집합체인 오온(五蘊)일 뿐입니다. 이 오온이 텅 비어 없고 조건 지어 연기적으로 드러난 것일 뿐이라는 것을 알면 우리의 삶에 놀라운 변화가 일어납니다.

에고의 반응은 있어도 작동은 하지 않습니다. 더 이상의 악업은 짓지 않게 됩니다. 불건전한 환경에 가까이하지 않으니 성격이 바뀌고 성격이 바뀌니 운명이 바뀝니다. 그 누구에게

나 이해와 용서와 관대함을 갖게 됩니다. 자비와 사랑이 넘치게 됩니다. 모든 일에 성취만 있게 됩니다.

선정을 얻고 난 다음 삼법인에 대한 통찰이 일어나지 않으면 첫 번째로 무상에 대한 반조를 합니다. 무상은 무아입니다. 그리하여 사랑, 명예, 재물에 대한 다겁생의 집착을 여의게 됩니다. 왜 사랑, 명예, 재물이 나쁜 것입니까? 불교는 염세적이지 않습니다. 균형 잡힌 완전한 행복의 종교입니다.

거기 밖을 내려놓는 것이 아니고 욕망을 추구하는 안의 마음을 내려놓는 것입니다. 육체적으로 정신적으로 물질적으로 일시적이지 않게 평온의 무심으로 누리는 것을 말합니다. 그리고 천상 세계에 태어난 욕망뿐만 아니라 생사를 초월하게 하는 영원한 진리의 가르침을 내포하고 있습니다.

이욕(離欲)에 대한 반조(위라가 아누빠사나, virāga-anupassanā)

이욕에 대한 반조는 욕망과 탐착을 얼마나 여의었는지에 대한 파악이요 숙고입니다. 이탐(離貪)에 대한 반조라고도 합니다. 탐욕심의 조복과 소멸의 척도를 가늠할 수 있습니다. 색심, 물심, 명예욕에 대한 초연심의 검증이 됩니다. 사람에게 제일 앞서는 본능이 탐욕심입니다. 탐착이 화를 초래합니다. 탐심의 욕망에 따라 성냄을 불러일으킵니다. 그 뿌리에는 어리석음이라는 미혹이 근본적으로 자리 잡고 있습니다.

이제는 욕망의 대상에 그다지 마음이 이끌리지 않는 초연한 힘을 얻게 됩니다. 중도(中道, 강기슭의 두 물줄기와 같이 양변의 극단에 치우치지 않는 것)의 이치를 알게 됩니다. 사다함인 일래과(109쪽에서 설명)의 경지에 도달했습니다.

소멸에 대한 반조(니로다 아누빠사나, nirodha-anupassanā)

쾌락적 감각의 욕망에 대하여 얼마나 소멸하였는지 반조합니다. 탐욕과 성냄을 얼마나 벗어났는지 고찰합니다. 수행자로서 원수로 삼는 색심인 성욕에서는 얼마나 자유로운지 스스로 알 수 있습니다. 이제는 모든 고통은 애착과 집착에서 일어남을 확실히 깨치게 됩니다. 욕망의 대상인 사랑, 명예, 재물을 갖게 되어도 사랑하되 애착하지 않는 영혼의 사랑을, 권세 속에서 아만심 없는 겸손으로 증장되는 명예를 누리게 됩니다.

재물을 갖되 재물의 노예가 되지 않고 무소유 재물로써 아 낌없이 더불어 함께 사는 보시행이 이루어지게 됩니다. 집착 하지 않고 내려놓음으로써 도리어 재물과 명예, 사랑이 넘치 게 됩니다. 이것이 비움의 미학입니다. 누리되 물들지 않는 중 도를 체득하게 됩니다. 고통과 불안에서 99퍼센트는 해방되 었습니다. 불환과의 경지에 들어섰습니다.

사리에 대한 반조(빠띠니사가 아누빠사나, paṭinissagga-anupassanā)

사리(捨離)란 그 모든 것을 완전히 내려놓음에 대한 반조입 니다. 좋은 것에 마음이 이끌리지 않고 나쁜 것에도 싫어하거 나 미워하지 않는, 좋다 싫다가 사라진 무심의 경지입니다. 탐 욕과 성냄과 어리석음의 삼독을 철저히 소멸하고 제거하였습 니다. 비로소 성자의 최고 단계인 아라한 성취의 니르바나를 이루었습니다. 마음이 언제나 평온하고 집착이 없는 상태입 니다. 공양 받아 마땅한 복전이고, 천신이나 인간이나 뭇 중생 에게 존경받아 마땅한 귀의 대상입니다.

성자의 기준

번뇌 오염원이 소멸될 때 성불의 세계로

중생의 번뇌 오염원에는 열네 가지가 있습니다. 그것은 유신견(有身見, 내가 있다는 생각), 시기 · 질투, 인색, 의심, 욕망(감각적 쾌락 추구의 색욕, 재물욕, 명예욕, 천상에 태어나고 싶은 욕망), 성냄(분노), 비양심, 몰염치, 후회, 자만, 해태(게으름), 도거(산만함, 들뜸), 혼침, 무명(미혹, 어리석음)을 일컫습니다. 그 외에는 사견(邪見, 삿된 견해)과 계금취견(계율 아닌 것을 계율이라 하고, 천도재 등 종교의식 행위에 치중하는 견해)이 있습니다.

이 열네 가지 불선업은 다겁생의 윤회의 업식을 만들어내는 번뇌 오염원입니다. 방향과 속도는 관계없습니다. 그래서 정견 없는 방향은 속도와는 관계가 없습니다. 번뇌 오염원이 소멸될 때 영원한 대자유와 완전한 행복이 있는 니르바나(성불)의 세계로 나아갑니다.

이 열네 가지 중에 하나라도 저촉되면 완전히 깨친 아라한이 아닙니다. 돈오돈수를 말하지만 행동이 따르지 않고 말로만 깨친 자입니다.

수다원(예류과) 성자의 조건

예류과(預流果)란 윤회하는 사바세계에서 일곱 번 또는 한 번만 인간계의 대부호 재벌 또는 은둔자로 태어나거나 천상의 신의 세계에 태어나서, 두 번 다시 중생의 몸을 받지 않고 생사를 초월한 아라한의 니르바나를 성취할 성자를 말합니다. 수다원과의 경지는 유신견, 시기·질투, 인색, 의심 및 사견과 계금취견이 제거되고 소멸된 경지의 성자 지위입니다.

사다함(일래과)의 성자

일래과(一來果)란 윤회하는 사바세계에서 딱 한 번만 인간계의 대부호 재벌 또는 은둔자로 태어나거나 천상의 신의 세계에 태어나서, 두 번 다시 중생의 몸을 받지 않고 생사를 초월한 아라한의 니르바나를 성취할 성자를 말합니다. 사다함과의 경지는 수다원과에서 소멸된 네 가지 번뇌 오염원 외에 탐진치가 조복된 경지의 성자 지위입니다.

아나함(불환과)의 성자

불환과(不還果)란 윤회하는 사바세계에서 다음 생에는 욕계 (욕망이 있는 인간계와 천신의 세계)로 다시 돌아오지 않고 형상이 없는 하늘 무색계 세계의 정거천 색구경천에 태어나서, 두 번 다시 생을 받지 않는 생사를 초월한 아라한의 니르바나를 성취할 성자를 말합니다. 불환과의 경지는 수다원과에서 소멸된 네 가지 번뇌 오염원 외에 욕망(색욕, 재물욕, 명예욕), 성냄, 비양심, 몰염치가 완전히 제거된 경지의 성자 지위입니다.

남방불교의 부동의 준서라고 하는 『청정도론』과 『아비담마 길라잡이』에서는 고대 초기경전과는 다르게 불환과에 비양심과 몰염치 대신에 후회함이 소멸된다고 기록되어 있습니다만, 이는 완전하지 못한 주석서 견해입니다. 참고로 『청정도론』의 나라 스리랑카에서조차도 『청정도론』은 잘 사용하지 않습니다. 미얀마의 전통과 일부 불교학계에서만 참고용으로 다뤄지고 있습니다.

아라한(Arahant)의 성자

아라한이란 이 생에서 두 번 다시 생을 받지 않는 생사를 초월한 니르바나를 성취한 성자를 말합니다. 아라한과의 경지는 수다원과와 불환과에서 소멸된 여덟 가지 번뇌 오염원 외에 후회, 자만, 해태(게으름), 도거(들뜸, 흥분), 혼침, 무명(미혹, 어리석음)과 그 외의 욕망(욕계 천상과 무색계 천상에 태어나고 싶은 욕망)이 완전히 제거된 경지의 성자 지위입니다. 붓다도 아라한을 성취한 대선각자입니다.

3장

생각 이전을 보다

| 간화선 |

화두란 무엇인가

사념처 수행을 발전시킨 '이 뭣고' 화두법

간화선의 '이 뭣고' 화두법은 붓다의 정통 수행법인 사념처
(身.受.心.法) 수행을 발전시킨 한국 불교의 전통 수행법입니다.

'이 뭣고'는 '이것이 무엇인가?'를 줄인 말로, 관찰과 통찰의
의미에서는 위빠사나적이 되기도 하지만, 간화선에서의 '이
뭣고'는 전혀 뜻밖인 선문답적인 말에 평소 자기가 공부한 모
든 지견이 꽉 막혀버려 저절로 '왜?', '어째서?'라는 마음의 근
원을 찾는 강력한 몰입의 물음만 남게 되는 정혜쌍수의 아주
독특하고 수승한 수행의 도구입니다.

이러한 '이 뭣고' 화두수행법은 붓다의 고대 경전인 『대념

처경』의 "걸어가면서 걷고 있는 것을 알아차림하고 서고 앉고 눕고의 자세를 알아차리고 깨어 있는 '사위의 명상'과 일상사 일거수일투족을 놓치지 않고 걸으면서, 잠들면서, 잠을 깨면서, 말하면서, 침묵하면서 일체를 알면서 행하는" '일상관 명상'을 확실한 근거로 하는 명상법입니다. 몰입과 통찰력에서는 미안마식 위빠사나 명상보다 더 깊은 심법(心法, 내면관찰)수행으로, 지관쌍수(止觀雙修, 사마타 위빠사나를 동시에 닦는)의 수행법입니다.

화두는 붓다가 있으나 없으나 붓다를 떠나지 않는 세계를 경험하게 합니다. 마음이 안으로 중심을 잡고 있지 않으면 바깥의 상황에 따라 마음의 갈피를 잡지 못하게 됩니다. 이때 화두는 들뜨고 산만한 우리의 마음을 고요하고 차분하게 해줍니다.

화두란 한 생각이 일어나기 이전을 보게 만드는, 참나(참된 나, 참된 나의 모습)를 찾는 마음수행입니다. 마음은 온 천하대지를 머금고 있는 우주의 중심입니다. 마음을 벗어난 세계는 없습니다.

화두는 바깥으로 향한 마음을 안으로 돌려놓는 작업입니다. 외부 대상에 대한 마음 안에서 일어나는 작동을 볼 수 있도록 수련하는 방법이 '이 뭣고' 화두입니다. '이 뭣고' 화두의 전통적 수행방식은 이렇습니다.

"배고플 때 배고픈 줄 아는 놈이 있고, 소변 보고 싶을 때 소변 보고 싶은 것을 아는 놈이 있다. 밥 먹을 때나 말할 때나 잠잘 때 내가 알든 모르든 언제나 나와 함께 이 몸뚱이를 움직이고, 눈 깜짝할 때 천리만리 횡행하는 신통한 '지각하는 놈'이 있다. 그러한 '이 놈'은 과연 누구인가?"

화두는 이러한 의심에 입각해 성립되어 있습니다. '몸뚱이를 움직이는 이 놈'을 알고 싶어 하는 그 의심은 수행의 강렬한 열망을 제공하여 신심을 유발하게 합니다. 그러한 의심은 묻고 물어도 더 이상 물을 것이 없는 중생노름의 모든 사량 분별이 끊어진, 말 이전의 자리인 초자아로 향하게 합니다. 화두의 핵심은 화두를 풀려고 하는 마음이 아니고, 그 핵심을 알고 싶어 하는 마음의 유지입니다.

화두의 의심은 절대로 지식이나 머리로 풀 수 있는 것이 아닌, 생각이 끊어진 곳에서 피어오르는 한 소식입니다. 그러나 여기에서 정확히 인지할 점은, '이 뭣고' 화두의 핵심은 몸뚱이를 움직이는 이 놈이 아닌, 몸뚱이를 움직이는 이 놈을 '아는 마음'에 있다는 사실입니다. '아는 마음'은 인식의 관찰, 즉 지각하는 것을 뜻합니다.

'아는 마음'은 가고 오고 머물고 앉고 눕는 것과 말하거나 침묵하거나 움직이거나 고요할 때의 일상을 떠나 있지 않습니다. '아는 마음'이 없으면 미혹이요, '아는 마음'이 있으면 어디에서든 주재자가 됩니다.

'이 뭣고' 화두 들기

이 숨 쉬는 것을 아는 마음이 뭣고

호흡은 우리의 마음을 빼앗는 갖가지 대상으로부터 우리의 마음이 이탈하지 않도록 붙잡는 중심축입니다. 이러한 호흡을 수행의 바탕으로 다음과 같이 '이 뭣고'의 화두에 접목해 수행하면 붓다의 정통명상인 사념처 수행과도 다르지 않게 됩니다. 이것이 바로 간화선과 붓다의 호흡명상(아나빠나 사띠) 안반선이 하나로 융합되고 통합된 수행법입니다. 그 수행법은 다음과 같습니다.

숨 쉬는 것을 마음으로 알면서 그 호흡을 중심축으로 삼아 '이 숨 쉬는 것을 아는 마음이 뭣고' 하면 됩니다. 핵심은 숨 쉬고 있음을 자각하는 데 있습니다. 이 '아는 마음'의 앎은 숨을 쉬는 것에만 있는 게 아닙니다. 배가 고프면 배가 고프다는 것을 저절로 아는 앎이 있고, 화장실에 가고 싶으면 화장실에 가고 싶은 것을 저절로 아는 앎이 있습니다.

일상의 어느 때나 앎은 존재합니다. 앎을 놓치지 않으면 일상에 물들지 않고 객관화할 수 있는 관찰적 자아를 만나게 됩니다.

화두는 억지로 들거나 머리로 풀려고 하면 병통이 됩니다. 화두와 내가 하나가 되어야 합니다. 답을 얻어내려 하지 말고 물어도 물을 것이 없는 질문이 되도록 물으십시오. 묻고 묻다 보면 나도 모르게 홀연히 단박에 중생심을 꿰뚫어 아는 절대 무한인 붓다의 마음을 알게 됩니다. 그냥 자연스럽게 물음을 반복해 질문만 해나가도 '이 숨 쉬는 것을 아는 마음이 뭣고'의 화두는 성립되는 것입니다. 구체적 방법은 다음과 같이 네 단계로 진행됩니다.

1단계
스스로에게 "숨 쉬고 있는가?" 하고 반문합니다.

2단계

'음…… 숨 쉬고 있구나!' 하고 자각합니다. 자각은 숨 쉬고 있음을 아는 마음입니다. 바로 '이 숨 쉬는 것을 자각하는 마음'을 계속 알아차려 알고 자각하는 이 마음을 계속 자신에게 되돌려 살펴보는 회광반조를 해야 합니다.

3단계

'이 숨 쉬는 것을 아는 마음이 뭣고' 하고 각자의 인지에 맞게 화두를 들면 '이~'라고 화두를 드는 속에 숨 쉬는 것을 '아는 마음'이 자동 연상되기 때문에 '이 뭣고'만으로 간결하게 만들어지게 됩니다. 요점은 화두가 간결하게 만들어져 타성일편(수천만 갈래의 마음을 하나로 모으는 것)으로 의심을 지어가는 데 있습니다. 생각과 생각에 오직 화두만 염념상속 되도록 하십시오.

4단계

'이 숨 쉬는 것을 아는 마음'을 아는, 또 다른 '아는 마음'을 불현듯 만나게 됩니다. 이때야 비로소 '이 숨 쉬는 것을 아는 마음'이 어떤 물건인지 궁금하게 됩니다. 즉, '이 숨 쉬는 것을 아는 마음'이 A이면, A는 '내 안의 또 다른 나'인 B를 발견하게 됩니다. 이 단계에 이르면 이 B가 정말 어떤 물건인가 절로 궁금해져 화두는 사라지고 오로지 관조하는 놈만 남는 오매일여(오로지 한 생각)의 경지로 들어서게 됩니다. 누가 시키지 않아도 자연적으로 '이 아는 놈이 뭣고?' 하는 물음만 남게 됩니다.

바로 이것이 '이 뭣고'의 이론과 실제입니다. 4단계 경지에 들면 '이 한 물건'을 의심하지 않으려고 해도 저절로 깊은 의심이 들게 되어 있습니다. 마치 하늘을 높이 나는 새가 기류를 만나면 날갯짓하지 않고 그냥 기류의 흐름 속에서 자유롭게 날아다니듯 화두의심이 잡힙니다.

이 의심이 곧 의정(疑情, 화두가 끊어지지 않고 지속되는 상태)이요, 의단독로입니다. 의단독로란 정이 들면 좋다 싫다를 떠나서 미우나 고우나 함께하듯이 화두에 강력한 의정을 일으켜 화두 외에는 아무것도 없는 삼매 상태입니다. 삼매의 맛을 체험하면 이때부터 깨치는 것은 시간문제일 뿐입니다. 사실 시간이라고 말할 수도 없습니다. 의정단계의 화두삼매는 시공의 개념을 초월해 있기 때문입니다.

일주일이면 깨친다
보는 눈이 확연히 달라진 세계

이 화두삼매가 지속되어 다섯 가지 장애(다섯 가지 감각기관의 즐거움을 추구하는 감각적 쾌락의 욕망, 성냄, 게으름과 혼침昏沈, 들뜸과 후회, 의심)를 여의고, 눈뜰 때부터 잠들 때까지 자나 깨나 순일하게 일주일만 이어지면, 홀연히 확철대오(어느 한 곳이라도 의심할 바 없이 확실하고도 철저히 크게 깨달은 경지로, 더 이상 깨칠 것 없는 아라한의 경지)할 것입니다.

만약 일주일에 깨치지 못하면 늦어도 삼칠일(21일) 이내에는 대오각성하게 됩니다. 이 말은 삼칠일 안에 확철대오하지 못했을지라도 오묘한 경지의 깨침은 반드시 체험하게 된다는 말입니다. 이 체험은 평생 살아오면서 한 번도 느껴보지 못한 체험입니다. 이 체험은 존재하는 모든 것에 나라고 느끼고 생각했던 존재는 실체가 없었음을 몸으로 확연히 깨닫는 체험입니다. 이러한 체험은 한 소식 이전의 세상과는 보는 눈이 확연히 달라진 세계입니다.

그렇다고 세상이 바뀐 것도 아닙니다. 세상을 보는 마음이 바뀐 것뿐입니다. 한 마음 바뀌게 되니 온 세상이 극락이요, 처처안락입니다. 옳고 그름의 시비가 뚝 끊어집니다.

아상이 사라집니다. 아상(我相)이란 영원한 자아가 있다는 견해와 나라는 자기 기준에 의해 사물에 잣대를 들이대고 나의 생각이 옳고, 나의 견해만 우월하다 여기는 자기중심적 사고를 말합니다. 화두는 이미 말의 개념이나 지식을 넘어선 직관의 세계입니다. 의식도 맑아져 온 사물의 이치가 훤하고 삼라만상의 진리가 그냥 꿰뚫어지게 됩니다.

동서고금의 어떤 철학도 그냥 통달합니다. 모든 진리는 하나로 통하기 때문입니다. 일상에서 구름을 타고 있는 듯한 환희가 온종일 일어납니다. 행복과 평온의 극치이며 표현할 수 없는 경이로움입니다. 우리는 구원되는 존재가 아니라 본래부터 스스로 구원되어 있는 하늘이요, 붓다였음을 확연히 깨치게 됩니다. 그 무엇에도 물들지 않은 자기를 보게 됩니다.

나는 없습니다. 행위는 있어도 행위자는 없기 때문입니다. 주체가 없는 가운데 행위만 있기에 집착하는 자아가 없고, 자아가 없기에 번뇌의 생멸도 없습니다. 깨달음은 같으나 용처는 다르게 작동되어 인연에 따라 드러날 뿐입니다. 체(體)는 변함없고 용(用)만 있는, 영원한 대자유인(아라한)입니다.

간화선과 티베트 불교의 시각 차이
마음을 봄으로써 부처를 이룬다

미국에서 만난 대만 선사와 달라이 라마가 나눈 대화입니다.

대만 선사: 간화선은 돈오돈수로써 한 번 만에 깨치는 것입니다.

달라이 라마: 아닙니다. 사람은 하나하나 마음이 바뀌어 나아지는 것이지, 절대로 한 번 만에 이루어지는 것은 없습니다.

대만 선사: 아니오. 간화선 수행은 한 마음을 보면 다 깨칩니다.

달라이 라마: 그러면 한 마음을 본 사람이 있나요?

대만 선사: ???!!!

대만 선사는 말문이 막힌 듯이 회자되고 있습니다만 실상은 그렇지 않습니다. 보는 것이 곧 마음(성품)이요, 마음이 곧

보는 것입니다. 마음은 '앎'의 작동입니다. 보는 자는 없어도 '앎'과 '봄'이 있습니다. 성품은 작용하는 곳에 있지만 짓지 않으면 본체는 보기 어렵습니다.

작용할 때 드러나는 마음의 본체를 황벽 선사는 여덟 가지로써 설명합니다.

태 속의 몸이요, 세상에 나와서는 사람이요,
눈으로 본다 하고 귀로는 듣는다 하고
코로는 냄새 맡는다 하고 입으로는 말을 하고
손으로는 움켜잡고 발로는 몸을 옮긴다.

마음은 단지 이름 지어진 것으로서 육근(마음작동의 근원)을 바탕으로 육경(모양, 소리, 냄새, 맛, 촉감, 의식작용이라는 여섯 가지 대상)에 의하여 인연에 따라 일어났다가 인연이 다하면 사라지는 것일 뿐입니다.

남에게 관심을 기울이지 말고 자기에게 관심을 기울이십시오. 무한한 금광맥이 나에게 들어 있습니다.

행복은 어디서 오는가? 번뇌에서 옵니다. 마음은 어디에서 오는가? 마음은 오는 곳이 없습니다. 들을 때는 듣는 것만 있고 볼 때는 보는 것만 있고 말할 때는 말하는 것만 있습니다.

완벽한 진리는 두 개의 붓다를 만듭니다. 하나는 몸이고 다른 하나는 마음에서 만듭니다. 우리는 존재함으로써 선행과 악행의 업을 물려받았기 때문에 우리가 하는 모든 일을 알아차려야 합니다.

마음이란 조건에 따라 작동할 뿐인데 마음이 있다는 개념을 가지고 있습니다. 이 이치만 알면 웬만한 괴로움은 받지 않습니다. 우리의 마음은 본래가 텅 비어 있기에 고정된 실체 없는 무아입니다. 그래서 그 어디에도 물들지 않는 무아입니다.

이러한 무아의 진리를 알지 못했기에 많은 죄업과 고통을 받았습니다. 마음의 속성을 알아야 마음의 자유를 얻습니다. 본래의 성품에 나라는 실체는 없어 텅 비어 있는 깨달음의 지혜를 배우는 것이 견성성불(마음을 봄으로써 부처를 이룬다)입니다.

본래 고뇌가 없으나 탐착과 애착이 고뇌의 원인이 되었습니다. 때는 사라져도 베는 그대로 남듯이 마음의 광명은 사라지는 것을 압니다. 탐착과 애착 집착이 마음을 오염시켜서 윤회를 낳게 만들어도 마음은 물들지 않습니다. 생각이 만들어낸 것입니다.

돈오돈수의 의미를 이렇게 보시면 됩니다. 너무 교학적으로 분석해 들어가면 속이 좁아지기도 하고 사변론적으로 흐르는 현학적 번쇄철학 공부가 될 여지가 많습니다.

간화선의 화두는 수수께끼가 아닙니다. 수수께끼처럼 호기심을 만들면서 싱겁지 않습니다. 인식의 왜곡을 발견함으로써 올바른 견해가 섭니다. 올바른 견해는 올바른 방향을 바라볼 수 있게 합니다. 속도와 방향은 아무 관계 없습니다.

화두는 통찰, 공감, 몰입, 추진력으로 이루어내지 못할 것이 없어집니다. 기업가에게는 4차 산업 경영혁신을 이루어 AI 인공 초지능을 넘게 합니다. 국가공직자에게는 수신제가 치국평천하를 낳습니다.

스스로의 성품은 위대한 불멸의 존재입니다. 더럽지도 않고 깨끗함에도 속하지 않습니다. 나에게도 있고 만 중생이 다 가지고 있습니다. 내가 밝아지니 만 세상이 밝아집니다.

간화선의 선문답 구조
논리적 모순으로 집중을 낳게 만드는 내면관찰법

간화선 화두의 구조를 보면 모두가 스스로의 생각을 열게 만드는 공부 방법입니다. 가르치는 것이 아니고 스스로 알게 하는 것입니다.

한 선객이 운문문언 선사(864~949)에게 묻습니다.

선객: 모든 부처는 어디서부터 나왔습니까?

운문 선사: 동산이 물 위로 간다.

선객: ???!!!

궁금할 수밖에 없죠? 논리적 충동을 일으키게 합니다. "다리는 흐르고 물은 흐르지 않는다"는 흐르는 물을 본다면 물은 멈춰 있고 다리는 흐른다는 이치입니다. 논리적 모순으로 집중을 낮게 만드는 내면관찰법입니다.

모든 것은 상대적인 것입니다. 고정관념, 대립에서 벗어나라는 의미가 들어 있는 것입니다. 고정관념을 타파하기 위하여 자기 물음으로 되돌리게 만듭니다. 이게 화두의 전개 방식입니다.

한 수행승이 운문 선사에게 묻습니다.
수행승: 한 생각도 일어나지 않았을 때도 허물이 있습니까?
운문 선사: 수미산!!

운문 선사는 그 수행승의 질문에 모순을 일깨웁니다. 한 생각이 일어나지 않았다고 말하는 순간 이미 한 생각의 일념을 일으켰기 때문에 허물이 수미산보다 높다고 '수미산!!'이라고 한 것입니다.

한 수행승이 조주 선사에게 묻습니다.
수행승: 달마가 서쪽에서 오신 까닭이 무엇입니까?
조주: 뜰 앞의 잣나무니라.

수행승: ???!!!

일반적 형식의 틀을 벗어나게 하는 격외적 언구로써 참구하게 만듭니다.

제자가 스승에게 묻습니다.
제자: 부처가 무엇입니까?
스승: 여보게.
제자: 예.
스승: 그것이 부처로다.

제자는 깨치고 삼배의 예를 올립니다. 과거에 매이고 아직 오지 않는 미래를 생각하는 분별심의 길이 저절로 끊기고 무심 속에서 피어오르는 지혜마음이 나타난 것입니다.

즉시성입니다. 가르치지 않았습니다. 그러나 모든 깨친 스승들은 마음이 부처라는 것을 스스로 체득하게 하였습니다. 병아리가 먼저 알 속에서 주둥이로 알껍질을 뚫는 것을 보고 어미 닭이 꼬꼬 하고 툭툭 쳐주니 머리를 쏙 내밀고 탄생하는 순간입니다. 줄탁동시를 보인 것입니다.

법을 체득한 스승의 언어는 걸림 없이 자유롭습니다. 황당하지 않습니다. 스승의 선문답은 고착화된 생각의 틈을 돌려서 안목을 갖게 해줍니다만 법이 없는 자의 선문답은 언어의 희롱일 뿐입니다. 스승의 중요성입니다.

만약 마음이 부처라는 생각에 걸려 있으면 역설적으로 마음도 아니요 부처도 아니라고 가르칩니다. 손가락을 떠난 달은 없습니다. 손가락과 달은 나눠져 있지 않습니다. 손가락이 그냥 달입니다. 스스로 생각을 열게 하여 그 자리에서 각성하게 하는 공부방법이 간화선 화두인 것입니다.

나는 누구인가에 대하여 동산양개 선사의 선시로써 한번 음미해보십시오. 답은 드리지 않겠습니다.

남을 따라 찾지 마라.
점점 멀어질 뿐이다.
나는 지금 홀로 가지만
처처에 그를 만난다.

처처에 있는 그는 나이지만

나는 지금의 그가 아니다.
응하되 이와 같이 보아야
진리에 계합하리라.

아직 이해가 되지 않으시나요? 그럼 다시 부대사의 선시를
드리겠습니다.

저녁이면 부처와 잠자고
아침이면 함께 일어난다.
행주좌와 어묵동정
몸에 그림자 따르듯
한 치의 오차도 없이 함께한다.
부처 간 곳 알고 싶은가?
말하는 그것이 부처로다.

역설적, 혹은 논리적 모순이나 기연으로도 깨치게 되기도
합니다.
　—달마 안심법문
　—혜가 해탈법문
　—승찬 죄업법문

같은 구조의 다른 새로운 방법으로 다가가는 것이 선문답으로 심리치료 효과를 낳게 하는 심리상담 기법입니다.

도는 알고 모르는 데 속하지 않습니다. 자기 발견입니다.

간화선을 제창한 대혜 스님의 공부 방법은 복잡하지 않습니다.

"자신을 돌이켜 살피시오. 차별경계가 어디서 일어나며 움직이며 왔다 갔다 하는 사이에 어떻게 무자(無字) 화두가 번뇌를 제거하는지, 또 능히 번뇌를 제거하는 것을 아는 자는 또 누구인가? 하고 사유하고 반조하라"고 하였습니다.

이것이 실제 살아 있는 위빠사나로서 미얀마의 어느 전통보다도 실제적으로 더 심도 있는 위빠사나 수행이라고 할 수 있겠습니다.

통섭명상(統攝, consilience meditation)
초기불교와 간화선 통합수행

시대와 부합되지 못하면 진리도 사라집니다. 모든 것은 항상 변화하고 전개 발전됩니다. 초기불교와 간화선 통합수행이 바로 통섭명상입니다.

현재 "손가락을 흔드는 놈이 누구인가?"는 구지 선사의 일지두선(一指頭禪)과 유사합니다. 그러나 마음의 깊은 본체를 깨달아 들어가기에는 선의 입문에 해당합니다. 만약 손가락이 없다면 손가락 화두는 어디에 쓸 것입니까. 마음도 아니고 부처도 아니고 한 물건도 아니라는 것은 모두가 옛 선사들이 방편에 따라 약을 조제한 것뿐입니다. 의사의 처방전 없이 먹으면 약물 과잉중독이 되어 진짜 약도 듣지 않습니다. 천하의 묘

약인 불법을 만났건만 무용지물이 됩니다. 자기만의 세계에 빠져버렸습니다. 스스로가 영원히 기약할 수 없는 윤회의 사슬에 매여버렸습니다.

선(禪)은 생사의 종속에서 벗어나는 불사의 문에 들어서는 사성제 팔정도의 구현입니다. 선은 손가락에 있는 것이 아닙니다. 미워하고 좋아하는 간택하는 마음을 내려놓는 데 있습니다. 응하되 분별하지 않는 마음에 있습니다. 시끄러운 곳을 벗어나서 참구하는 것도 아닙니다. 언제나 현재에서 일어나기 이전의 첫 마음을 보는 것입니다.

원오극근 선사도 말씀합니다. "병이 나은 이는 약을 구하러 다닐 필요가 없거늘, 후세 사람들이 그 까닭을 알지 못하고 예사로 손가락을 세우니 검고 흰 것도 구분 못하고 사람을 속이고 있다." 만약 손가락이 없을 때는 어찌해야 하오리까?

화두 드는 방법
화두는 하는 것이 아니고 되는 것

화두는 드는 것이 아니고 되는 것입니다. 믿음으로써 화두는 활구(살아 있는 말)가 되고 아니면 논리적으로 마음에 와 닿았을 때 활구가 되지만, 의심하기 위한 의심은 1,700개 금과옥조 화두공안이라고 할지라도 모두 사구(죽은 말)입니다.

복잡해서는 안 됩니다. 간단해야 합니다. 알아듣기 어렵고 이해하기 쉽지 않으면 안 됩니다. 제가 제시하는 초기불교와 간화선 통섭 화두는 이렇습니다. 단계는 없습니다. 스스로 의문이 생기는 내용이면 본인에게 살아 있는 활구 화두가 됩니다. 의문은 깊은 몰입을 일으키는 의정(疑情)을 낳고, 의정은 일행삼매가 되는 의단(疑團)이 됩니다. 의단은 화두가 자동항법

장치와 같이 저절로 세팅된 오롯이 하나의 물음에만 몰입된 초집중 상태입니다.

의문은 연인에 대한 관심입니다. 연인은 만나면 정이 듭니다. 만날수록 정이 깊어져 몸에 익숙해집니다. 익숙하면 불편하지 않습니다. 미우나 고우나 모든 것을 받아들이고 그냥 살게 됩니다. 떨어지려도 떨어질 수 없습니다. 마음에 들지 않는 연인을 억지로 만날 수는 없습니다.

화두는 하는 것이 아니고 되는 것입니다. 화두의 의문은 '왜?', '어째서?', '이것이 무엇인가?' 하는 살펴보려는 탐구심과 호기심(의심)을 바탕으로 생겨나 그 의문이 의정을 일으키고 의정은 의단으로 저절로 나아가게 되기 때문입니다.

첫 번째, 이 숨 쉬는 것을 '아는 자'는 누구인가? 이 뭣고?
두 번째, 이 숨 쉬는 것은 '지켜보는 자'는 누구인가? 이 뭣고?
세 번째, 나라고 여기고 있는 나는 누구인가? 이 뭣고?
네 번째, 손가락이라고 말해도 틀리고 손가락이라고 부르지 않아도 틀립니다. 이 뭣고? 일러봐라! 왜냐? 손가락이라고 말하면 남의 종살이하는 자이고, 손가락을 마주 보고도 부르지 않으면 이단

자입니다. 생각해도 틀리고 생각하지 않아도 틀립니다. 그러면 어쩌란 말인가? 그러면 더 틀립니다! 이 뭣고?

첫 번째 화두인 "이 숨 쉬는 것을 '아는 자'는 누구인가?"의 '숨 쉬는 것'을 관하는 것은 붓다의 성불수행인 안반선 호흡명상이고, '아는 자는 누구인가?'는 진실한 궁극적 화두입니다.

'나는 왜 지금의 나인가?'를 알려면 나의 인식 구조나 가치관 형성, 습관, 행동 양식을 알아야 합니다. 현재의 자기 삶의 모습, 지금의 인생은 자기가 그렇게 마음을 먹었기 때문에 만들어졌습니다.

과거의 업성에 의해 현재의 이 몸과 삶의 환경이 만들어집니다. 이것은 자기 방식의 '앎'의 인식 방식으로 눈으로 보고, 귀로 듣고, 말하고 분석한 행동 양식의 결과물입니다. 내가 어떻게 지각하고 인식하느냐에 따라 행동하고 결정한 것입니다. 그래서 이 "지각하고 인식하는 '아는 놈'을 관찰하여 '아는 자', '아는 놈'은 내가 아니고 나라고 여길 것이 없는 무아를 통찰해야 합니다.

앉고 서고 보고 듣고
착의끽반 대인접화에
일체처 일체시에 소소영영이
지각하는 놈이 뭣고?
　　　—경허 선사

　두 번째 화두인 "이 숨 쉬는 것을 '지켜보는 자'는 누구인가?"는 "이 숨 쉬는 것을 '아는 자'는 누구인가?"라는 화두를 들여다보면 문득 '지켜보는 자'를 체험하게 됩니다. 그때 저절로 "이 숨 쉬는 것은 '지켜보는 자'는 누구인가?" 하고 화두가 들려지게 됩니다.

　그러나 "이 숨 쉬는 것을 '아는 자'는 누구인가?" 화두보다 두 번째 화두인 "이 숨 쉬는 것을 '지켜보는 자'는 누구인가?"가 마음에 와 닿으면 "지켜보는 자는 누구인가?" 화두를 들어야 합니다.

　세 번째 "나라고 여기고 있는 나는 누구인가? 이 뭣고?" 나는 없습니다. 나라고 여기는 생각만 있습니다. 무아입니다. 나라고 여기는 것은 오온(몸, 느낌, 인식, 의도·감정, 의식의 다섯 가지 집합체)

일 뿐입니다. 존재하나 실체가 없습니다. 도(道)는 육근의 작용에 있고 작용하지 않으면 누구도 모릅니다. 오온이 텅 비어 내것이 아니라는 것을 통찰하면 반야심경에서 '조견오온개공' 하면 '도일체고액'이라 한 것처럼 모든 괴로움에서 해방됩니다. 내가 해방되면 우리 주위도 해방되어 밝아집니다.

네 번째 화두인 "손가락이라고 말해도 틀리고 손가락이라고 부르지 않아도 틀립니다. 이 뭣고? 일러봐라! 왜냐? 손가락이라고 말하면 남의 종살이하는 자이고, 손가락을 마주 보고도 부르지 않으면 이단자입니다. 생각해도 틀리고 생각하지 않아도 틀립니다. 그러면 어쩌란 말인가? 그러면 더 틀립니다!" 이와 같이 이 뭣고 화두는 모든 팔만사천의 공안(公案)이 다 들어 있는 묘약입니다. 백척간두진일보의 화두요, 은산철벽의 화두입니다. 출처는 다음과 같습니다.

죽비라고 부른다면 저촉되는 것이요 죽비라고 부르지 않는다면 위배된다. 이 뭣고? —대혜종고(간화선의 창시자)

빗소리라고 부른다면 즉시 나를 버리는 것이고 사물을 쫓아가는 것이며, 빗소리라 부르지 않는다면 다시 무엇이라 부를 것인가?

―대혜종고의 스승인 원오극근

주먹이라 부른다면 한 번도 생각해 본적도 없는 것과 같으며 주먹

이라 부르지 않는다면 마주 보고도 속이는 것이다. 이 뭣고?

―원오극근의 스승인 오조법연

4장

마음의 이치에 따르다

| 좌선법과 통증 해결하기 |

입선: 좌선에 들어갈 때
자비관을 한 뒤에 입선하는 것이 좋아

입선(入禪)할 때는 먼저 피로하거나 과식하지 않은 상태로, 옷은 좌선하기에 편한 통이 넓은 것을 입고 좌정한 후, 몸과 마음을 편안하게 이완해야 합니다. 좌복(방석)에 앉은 다음에 각자가 믿는 신에게 예배를 올리고 자비관(慈悲觀, metta)을 한 뒤에 입선하는 것이 좋습니다.

자비관이란 생명이 있는 모든 존재가 안락하고 행복하고, 괴로움과 재난에서 벗어나 진정한 행복과 평안을 얻기를 바라는 사랑과 연민의 마음입니다. 그와 같은 사랑과 연민의 마음은 나를 비롯해 가족, 친구, 인류, 모든 생명체에게 자비의 염력을 보내게 합니다. 입선 전에 자비관을 하면 온몸의 세포

가 사랑의 자비를 느끼게 되어 마음이 평온해지고 도량이 청정
해져 천신과 정령의 보호를 받아 수행의 장애를 막아줍니다.

좌복은 신성하게 다루어 좌복만 보면 좌선하고픈 마음이
일어나게 해야 합니다. 좌복은 솜이 헝클어지지 않고 적당히
푹신하면 좋습니다. 크기는 가로 70센티미터, 세로 80센티미
터가 적당합니다. 결가부좌를 하지 않고 평좌를 하는 사람은
좌복에 앉을 때 3~4센티미터 정도의 뒷방석을 사용해 엉덩이
밑을 받쳐주면 한결 안정되고 좌정하기가 수월할 것입니다.

좌선 자세

좌선삼매에 드는 가장 좋은 자세

정신적인 고통과 번뇌, 삶의 복잡함, 그 어떤 것에도 좌선 외에는 좋은 방법이 없습니다. 참선의 기본은 좌선에서 시작합니다. 앉으십시오. 그 속에서 모든 번뇌는 사라집니다. 좌선은 인간의 신체적인 구조로 볼 때, 명상에 잠겨 오랫동안 움직이지 않고 있을 수 있는 가장 적합한 자세입니다. 수행하는 이는 반드시 옳은 스승으로부터 직접 지도받아야 합니다. 사람은 누구나 한동안 처음에 배우고 습득한 대로 행하기 때문에 처음부터 지도를 잘 받아야 합니다. 좌선 자세에는 결가부좌, 가부좌, 평좌가 있는데 이러한 자세를 어떻게 배우고 잘 취하느냐에 따라 좌선삼매에 장애가 없습니다. 좌선 자세는 그만큼 중요합니다.

수행과 의술에 조예가 깊은 남회근 선생(선정 체험과 기맥타통 체험을 증득한 중국의 재가 도인)은 "사람의 마음과 몸이 절대적 정지 상태에 있을 수 있다면, 즉 내부적으로는 아무런 생각이나 망상, 근심, 고뇌가 없고, 외부적으로는 아무런 동작이나 노력도 행하지 않으면서 혼미하지 않고 산란하지 않으며 미혹되지 않은 상태에서 자연스럽게 호흡한다. 이렇게 하루라도 행할 수 있다면 체력, 정력, 기력은 자연히 회복되어 원래의 상태로 되돌아갈 수 있다. 이는 마치 태양계의 행성이 한 바퀴를 돌아 제자리로 되돌아가는 것과 같다"고 했습니다. 좌선 자세는 좌복에 앉아 몸을 앞으로 숙이고 엉덩이를 뒤로 가볍게 밀어내며 흔들어 엉덩이가 좌복에 들어맞게 자세를 취하는 것입니다. 그런 다음 상반신을 자연스럽게 펴고 어깨와 목에 힘을 빼면서 등판을 곧게 세운 다음 목이 C자가 되도록 하면 무중력 상태가 됩니다.

그러고는 양쪽 어깨와 몸통을 전후좌우로 흔들어 척추의 척량골을 세워 등판에만 힘이 들어가게 하고, 어깨와 등에는 힘을 쫙 빼야 합니다. 척량골 외에는 힘이 들어가 있어서는 안 됩니다. 척량골을 세운다는 말은 등판을 곧게 세운다는 뜻입니다. 등판을 곧게 세운다는 의미는 '가슴을 활짝 펴고 허리를

자연스럽게 세운 후, 등판을 가슴 쪽으로 살포시 밀어주는 것'
을 뜻합니다. 이때 허리에는 마음을 두지 말고 등판에만 마음
을 두어야 합니다. 허리가 아닌 등판에다 힘을 줍니다. 허리를
세우려고 허리에 지나친 마음을 쓰다 보면 무리가 생겨 허리
에 통증이 생기기 때문입니다. 이것이 가장 올바른 좌선 자세
입니다. 인도의 고대 요가 문헌에는 "등이 활처럼 휘어지는 자
는 곧 챠크라가 열리고 선의 경지에 들 것"이라고 나와 있습
니다. 챠크라가 열린다는 말은 우주의 기가 열리는 것으로, 이
말은 기가 우리의 몸에 완전히 소통되는 기맥타통을 뜻합니
다. 이러한 좌선을 하루에 5분이라도 규칙적으로 수행하면 몸
안에서 계속 기가 방출되고 순환되어 어깨통증, 오십견 증상
이 완화되고 목 디스크가 교정됩니다.

좌선수행을 하다 보면, 등과 어깨가 팽창하듯 아프거나 신
경이 조여드는 듯한 증상이 있는데, 병적 반응일 경우에는 치
료를 해야 하고, 기의 반응일 경우는 기맥이 타통하는 과정의
명현현상으로, 이런 경우에는 고요한 무위의 상태가 되어 에
너지가 왕성해져 심경이 확 트이고 정신이 맑아져 잠이 줄게
됩니다. 그리고 중단전으로 숨을 쉬는 사람은 저절로 깊으면
서도 자연스러운 복식의 단전호흡을 하게 됩니다. 올바른 좌

선 자세는 처음 좌선을 하는 사람에게도 불편함이 없이 저절로 잘 앉아지게 합니다. 이는 제 경험뿐 아니라 제게 지도받은 분들의 공통된 경험입니다. 허리의 기운이 약하면 신장이나 방광의 기능이 약해지고 골반이 좌우로 틀어지는 척추 측만증이 생겨 골반과 어깨의 높이가 서로 다르거나 몸통이 한쪽으로 치우쳐 보이게 됩니다. 이 증세는 대부분 사춘기가 시작되기 전에 나타나는데, 키가 자라는 데 악영향을 끼치기도 하지만 성인이 되어서도 심장과 폐가 압박을 받아 활기가 없고 기운이 떨어지는 요인이 되기도 한다고 의학계에서는 말합니다.

'가슴을 펴고 척량골을 세운 후 등판을 가슴 쪽으로 살포시 밀어주는 좌선 자세'를 취합니다. 복부비만이 완화되고, 소화불량, 변비 등이 일거에 해소되며, 성장기에 있는 청소년들이 허리가 골반 쪽으로 휘어져 뒤틀어지고 질환이 생기기 쉬운 척추 측만증을 방지하거나 교정할 수 있습니다.

또한 온몸에 기가 돌아 그동안 눌리고 움츠려져 있던 오장육부가 제자리로 돌아가 자연적으로 몸이 편안해집니다. 그리고 몸이 가벼워지고 피로가 풀려 기운이 샘솟을 것이며 기력이 떨어져 발생하는 감기몸살 같은 컨디션 난조를 걱정할 필요가 없게 됩니다. 올바른 좌선 자세는 기맥이 타통하고 잔병과 신경계의 숙병이 일시에 없어지며 활력이 넘치는 일상생활을 가져올 것입니다. 평정하고 텅 빈 심리적 상태와 결합될 수 있다면 홀연 초집중 상태의 삼매에 이르게 됩니다. 수양에 힘쓰는 사람이면 모름지기 마음을 편안하게 하는 것보다 더 좋은 것이 없음을 알아야 합니다.

남회근 선생은 좌선수행 때 일어나는 심신의 생리학적 현상에 대해 "고도의 좌선수련을 거치게 되면 호흡이 지극히 경미해져 마치 중단된 것처럼 되기도 하고, 아랫배 부위에서 호흡과는 상관없이 열리고 닫히는 작용이 발생한다. 그리고 신장 부위가 팽창하는 듯한 느낌이 진행되면 어떤 물체가 생겨 요동치는 듯한 느낌도 든다. 생식기가 발기되고, 요도와 외음부, 그리고 고환의 신경이 미세하게 요동친다. 여성의 경우는 자궁진동과 수축, 그리고 유방팽창이 있다. 그리고 중추신경과 대뇌신경 부위의 기맥이 타통해 점차 아름다운 경계로 들어서 어느 순간 호흡을 따라 왕래하던 기가 자연스럽게 끊어져 온몸을 가득 채우며 지영보태(持盈保泰, 기가 가득 찬 상태의 지속)의 상태에 접어들게 된다"고 말했습니다.

좌선 방법

수인의 형식에 사로잡힐 필요는 없어

1. 결가부좌

넓적다리를 완전히 X자로 맞물리게 해 앉는 것을 말합니다. 다리를 틀어 접고서 몸을 곧바로 세워 통증이 일어나지 않을 때 마음은 하나로 집중됩니다. 수행이 증장하고 강해집니다.

2. 반가부좌

한쪽 다리만 허벅지 위에 올려놓는 것으로 이때 위쪽 다리는 되도록이면 허벅지 안쪽으로 당기면 좋습니다.

3. 평가부좌

다리를 서로 올려놓지 않고 눌리지 않게 마주 편하게 놓은 자세입니다. 이때 밑에 있는 다리는 발꿈치가 가급적 외음부로 가도록 당겨놓으면 좋습니다. 초심자나 기맥이 막혀 통증이 많은 수행자에게는 통증이 덜하고 골반에 무리 없는 자세인 평좌를 권합니다.

4. 수인(手印, mudra)

손의 형태인 수인은 신경 쓸 필요가 없습니다. 수행은 수인이 목적이 아니고 고요한 집중과 내면관찰이 목적입니다. 손은 그냥 마음 가는 대로 두고 있다가 어느 정도 집중력이 생겼을 때, 선정인(禪定印, 양손의 엄지손가락을 서로 겹치게 붙임)하면 됩니다. 편안히 서로 손끝을 맞대고만 있어도 무방합니다.

수인의 필요성을 대체로 두 가지로 이야기합니다. 첫째는 수마(睡魔, 깊은 수면의 세계)와 혼침을 벗어나게 하기 위함이며, 둘째는 인체의 원활한 기 순환을 위해서라고 합니다. 그러나 이보다 급선무는 수행의 집중이기 때문에 수인의 형식에 사로잡힐 필요는 없습니다. 수인을 하고도 공부에 지장이 없다면 그때 수인은 좋은 역할을 할 것입니다. 그런데 '이렇게 수인이 좋은 역할을 할 것이다'라고 하면 사람들은 공부가 자리 잡기도 전에 먼저 수인부터 들고 맙니다. 다시 말씀드리지만 수인은 참선의 목적이 아니고 후차적인 사실이라는 것을 상기하시기 바랍니다.

5. 눈과 시선

눈은 선정을 익히는 사마타적 호흡명상을 할 경우에는 반드시 감은 상태에서 수행해야 하고, 지혜를 계발하는 위빠사나 명상이나 화두를 수행할 경우에는 감아도 되고 떠도 됩니다. 내면관찰 수행에서 눈을 감고 뜨고의 판단은 집중이 잘되는 방법을 선택하면 됩니다. 수행의 방법을 다룬 책을 보면 저마다 다른 방식을 주장하고 있어 혼란이 올 것입니다. 이는 한 가지 방법의 수행만 해온 결과입니다. 열반의 문으로 향한 수행의 길은 수행자의 근기와 전생의 수행 바라밀에 따라 다양하기 때문에 굳이 한 가지 방법에 포커스를 맞출 필요는 없습니다.

좌선할 때 눈은 감지 말고 반쯤 뜨라는 것은 눈을 감고 좌선하면 졸음이 오는 것을 피하기 위함이라고 하는데, 이는 사람마다 다를 수 있습니다. 이는 수행자 스스로가 맞는지, 안 맞는지를 판단해 방법을 취하면 됩니다. 시선 또한 눈앞에 두거나 또는 3미터 앞쪽을 가볍게 응시해야 한다고 하는데, 시선이란 화두나 마음을 잘 챙길 수 있는 곳에 두는 것이지 별도로 시선을 두는 방법이 있는 것이 아님을 알아야 합니다. 수행은 어떤 격식이 아니라 자기 마음을 깨치는 것에 목적이 있습니다.

6. 방선(放禪, 좌선을 마칠 때)

방선할 때는 자리에서 곧바로 일어서지 말고 자세가 흐트러지지 않게 마음을 잘 챙기면서 옆 수행자에게 지장을 주지 않는 범위에서 몸과 다리를 천천히 흔들어주고 기혈을 좀 돌린 후, 각자의 신앙에 따라 기도를 올린 후 좌복에서 천천히 일어나야 합니다.

좌복에서 일어날 때도 수행을 놓치지 않아야 하고, 일어난 후에도 계속 행선으로 이어지거나 행주좌와에 빈틈없이 염념 상속 되어야 합니다. 방선은 수행의 연장입니다. 입선할 때 자비관으로 자기 마음을 정화해 참나를 찾는 기초를 만들 듯, 방선할 때도 각자가 믿는 신에게 기도하며 대원력심(大願力心)을 쌓아나가야 합니다.

수행 중 통증 해소
통증의 실체를 알아 통증에서 벗어나는 방법

좌선할 때 다리, 어깨, 등판, 허리 등에 일어나는 각종 통증, 즉 당기거나 아프거나 마비되는 느낌이 오는 것은 그동안 굳어진 몸 때문이거나, 신장, 신상선, 성선, 뇌하수선 및 신경의 쇠약이거나, 척량골을 지나치게 세워 허리에 부담을 주게 되어 일어나는 경직현상 혹은 막힌 나쁜 기가 뚫리려고 일어나는 명현현상입니다.

무리하지 않는 좌선 자세를 취해 지속적으로 수행하다 보면 얼마 가지 않아 온몸에 기맥이 타통해 아프거나 저린 현상이 사라집니다. 이러한 통증이 있을 때 적절한 운동과 함께 마음이 반응하는 것을 봄으로써 통증의 실체를 알아 통증에서 벗어나는 방법이 있습니다. 위빠사나적 내면관찰을 통해 통증을 이해하는 방법이 있고, 반대로 정신집중 수행인 사마타 수행으로 통증을 효과적으로 극복하는 방법이 있습니다.

통증에 마음이 반응하는 것을 보는 방법은 일단 마음을 차분히 가라앉히고 아픔으로 마음이 반응하는 것, 즉 싫어하는 마음이 일어나면 그 마음부터 먼저 보아야 합니다. 통증을 보는 것은 중요하지 않습니다. 마음의 반응이 중요합니다. 아플 때 마음이 어떠했습니까? 괴로워하고 싫어하고 못 견뎠습니다. 그럴 때의 감정을 보아야 합니다. 마음상태가 어떠합니까? 그 마음을 보는 것이 중요합니다. 사실 아프면 마음이 긴장하게 되는데 이것을 참아야 한다는 생각 때문에 더욱 긴장하게 됩니다.

우선 긴장을 놓으십시오. 그리고 '통증이 없어지려면 없어지고 말려면 말아라. 어찌 되든 상관없다'는 마음자세로 그냥 긴장된 느낌과 갑갑한 느낌을 놓아버리십시오. 그래도 마음이 긴장하고 있습니까? 풀어져 있습니까? 그렇게 긴장을 풀고 보았는데도 도저히 아픔을 견딜 수 없을 때는 자세를 바꾸어도 됩니다. 단, 자세를 바꾸고 있다는 걸 알면서 바꿔야 합니다. 일단 마음상태를 보고 또 보려고 노력하다 도저히 안 될 때 자세를 바꿔야 하지, 처음부터 아프다고 이리저리 바꿔서는 안 됩니다. 그러나 언제든지 내 마음에 따라 바꿀 수 있다고 마음먹어야 합니다. 다리가 아파도 무조건 참아야 한다는 생각은 마음에 긴장을 줄 수 있습니다. 수행이라는 것은 몸과 마음의 긴장을 내려놓는 이완이 가장 중요합니다.

통증의 성질을 깨치는 통증관찰 수행법도 있습니다. 이 수행법은 미얀마 고승 순륜 선사(Sunlun Sayadaw, 독특한 호흡 수행법을 창안한 미얀마의 근대 고승)의 지도법인데, 집중력을 높이고 통증을 이겨내는 정신력을 배양한다는 점에서 매우 효과적인 방법입니다. 그 수행법을 소개합니다.

등을 똑바로 세우면서 오른손을 왼손 안에 두고 팔을 몸 가까이 붙입니다. 일단 자세를 고정한 후에는 바꾸어서는 안 됩니다. 그런 다음 45분 가량 호흡하는데, 코끝에 호흡을 주시한 채 호흡을 강하고 빠르게 합니다. 그러고 나서 들이쉰 숨을 갑자기 멈추고, 마음을 가라앉히면서 자연스러운 호흡으로 몸 안을 빈틈없이 전심전력으로 관찰합니다. 가장 크게 느끼는 감각에 마음을 집중해야 하는데, 무심코 지나치지 말아야 합니다. 감각이 가장 크게 느껴지는 곳으로 주의를 돌리지 않으면 현재를 즉각 파악할 수 없습니다. 강하고 격렬하고 신속한 호흡은 바깥 소음을 차단하고 마음을 조절하는 데 도움을 줍니다.

통증이 약해지면 약해지는 것을 알아차리십시오. 강해지면 강해지는 것을 알아차리십시오. 모든 생각은 개념입니다. 감각을 잡으려고도, 따라가지도 마십시오. 아픔이 일어날 때는 아프다는 사실을 즉각 감지하고, 지금 감각이 일어나고 사라지는 바로 그곳에 마음을 집중하십시오.

괴롭고 고통스러울 것입니다. 이러한 것을 피하기 위해 가장 뚜렷하게 느껴지는 감각에 마음을 집중해 성성한 알아차림이 유지되고 마음이 감각을 관통했을 때 더 이상 내가 고통받고 있다고 느끼지 않게 됩니다.

더 이상 불편함을 느끼지 않고 조금 전에 아프고 뜨겁게 느껴졌던 감각이 지금은 고통 없이 강한 감각으로만 느껴지며, 불쾌한 감각도 무상의 법칙을 따르므로 곧 소멸하게 됩니다. 보이는 것에는 보이는 것만, 들리는 것에는 들리는 것만, 감각되어지는 것에는 감각되어지는 것만, 생각되어지는 것에는 생각되어지는 것만 있어야 합니다.

다리 통증 해소
마음의 이치에 따라 쉽게 극복되기도

조금 아픈 경우라면 바꾸지 말고, 많이 아픈 경우에는 억지로 참으려고 하면 더 힘들어지니 마음에 긴장을 풀어주고 자연스럽게 몸을 바꾸십시오. 수련하다 보면 몸이 저절로 좌선 자세에 익숙해지기 때문에 미리 걱정할 필요가 없습니다.

통증은 마음의 이치에 따라 쉽게 극복되기도 합니다. 서면 앉고 싶고 앉으면 눕고 싶은 것처럼 아무리 편안한 자세로 눕더라도 조금 있으면 몸을 또 움직여야 합니다. 다리 또한 아무리 바꾸어도 시간이 지나면 또 바꿔야 한다는 몸의 변덕스러움만 자각해도 다리 자세는 마음먹기에 따라 길들일 수 있음을 알게 될 것입니다.

몸은 삼매를 얻지 않고는 아무리 편한 자세를 취한다 해도 한 자세를 오래 유지할 수 없습니다. 그래서 5분, 10분, 20분씩 점차 움직이지 않고 좌선하겠다고 마음먹어야 합니다. 그러면 한 시간의 좌선에도 몸이 길들여질 것입니다. 이처럼 다리 통증은 스스로 적절히 자기에 맞게 대처하면 될 것입니다. 억지로 자세를 바꾸지 않으려는 마음 자체도 도리어 공부에 장애가 됨을 인지하고 중도를 잘 취하면 터득할 수 있습니다.

처음부터 잘 앉으려고 하지 마십시오. 몸도 마음도 그냥 자연스럽게 흘러가도록 마음을 두고 편하게 좌선에 임하십시오. 다리가 아프면 '언제든지 바꾸면 되지. 뭐, 미리 걱정할 필요 있나' 하는 마음으로 말입니다.

그렇게 편안한 마음으로 정진하다 보면, 수행의 힘과 집중력이 향상되어 몸이 가벼워지는 경안각지(輕安覺支)를 얻게 됩니다. 경안각지는 일곱 가지 깨달음의 토대가 되는 칠각지 중 하나로, 몸이 새털같이 가볍고 고요해지는 경지를 말합니다. 그렇게 되면 좌선 그 자체가 선열위식(禪悅爲食, 선의 희열을 음식으로 삼는다)이 될 것입니다.

허리 통증과 좌골신경통
수행 중 일어난 일은 수행으로 바로잡아야

허리 통증과 다리 저림 현상은 평소에 익숙하지 못한 자세 때문에 근육이 경직되어 발생하는 일시적 현상입니다. 시간이 지나면 근육이 이완되어 괜찮아지지만 신장과 관계된 부위의 허약함으로 발생한 병이라면 무리한 정력 낭비를 유의해야 하고 적절한 의학적 치료를 병행해야 합니다.

잘못된 좌선 자세와 지나친 좌선수행으로 발생한 허리 통증과 좌골신경통은 의술로서는 일시적으로는 효과가 있을지 몰라도 완전한 치유는 되지 않습니다. 수행 중 일어난 일은 수행으로 바로잡아야 합니다. 수행 중 발생한 허리 통증은 대부분 척량골을 세운답시고 허리를 지나치게 세운 잘못된 좌선 자세의 결과이니 좌선 자세만 잘 잡으면 통증은 없어집니다.

　방법은 앞에서와 같이 허리를 세우되, 허리에 마음을 두지 말고 등판에만 마음을 두고 '가슴을 활짝 펴고 척량골을 세운 후, 등판을 가슴 쪽으로 살포시 밀어주는' 좌선 자세를 취하면 됩니다. 이와 동시에 허리 강화 운동을 병행해야 합니다. 허리 강화 운동은 윗몸일으키기와 등산이 가장 좋습니다. 그중 윗몸일으키기가 좋은데, 무리하지 말고 자기 근력에 맞는 횟수만 하면 됩니다. 윗몸일으키기는 등을 바닥에 대지 말고 45도에서 일으키면 됩니다. 하루에 한 번, 30초에서 1분만 투자해도 허리 통증이 몰라보게 줄어듭니다.

　그렇게 하루에 두 번 윗몸일으키기를 하면 허리근육이 강화되어 허리 통증에서 해방됩니다. 윗몸일으키기의 횟수는 약간 힘들구나 할 정도면 됩니다. 절대로 무리하게 할 필요가 없습니다. 계속하다 보면 저절로 횟수가 늘어나기 때문입니다.

　등산도 허리 강화 운동으로 좋습니다. 특히 좌골신경통에 좋습니다. 좌골신경통은 백약이 무효입니다. 좌골신경통은 앓아본 사람 아니면 모릅니다. 좌골신경통의 특약은 바른 자세와 등산뿐입니다. 등산은 15~30분짜리 오르막길을 택해 허리에 묵직한 느낌이 올 정도와 온몸에 땀이 한 차례 쏟아질 정도의 속도로 하는 것이 좋습니다.

이렇게 사흘만 등산해도 온몸의 노폐물이 배출되면서 활기가 샘솟고 허리 통증과 좌골신경통이 완화되는 효과를 보게 됩니다. 만약 등산이 여의치 못하면 백팔 배 기호흡법(남자는 15분, 여성은 20분 정도)을 해주면 효과가 탁월합니다.

이 책의 모든 기록은 철저히 경험에 입각한 것이지, 그냥 어디서 보고 어설프게 옮긴 것이 아닙니다. 수행의 실제 상황은 책에 나오기 쉽지 않습니다. 숲속의 수행승들은 여러 가지 실제 상황을 체험합니다. 책 속에 없는 실재를 체험할 수 있게 됩니다.

5장

다시, 단정히 앉다

| 생활 속 명상 |

마음 내려놓기

선의 기본정신은 마음 내려놓기

참선은 일상생활과 함께 있어야 합니다.

일상 속에 참선이 있어야 수행이며

선(禪)의 정신입니다.

일상에 깨어 있으십시오.

일상을 놓치면 공부가 어렵습니다.

일상생활 속에서

선이 있게 하는 것은 간단한 일입니다.

일상생활 가운데서 일어나는 마음을

알아차리고 조정하면 됩니다.

그러면 일과 마음은 하나가 됩니다.

일상에 선이 없으면
일하는 중에도 여러 경계에
휘둘리게 됩니다.
어차피 할 일은
주어진 환경과 업력으로 하게 됩니다.
이러한 현실을 긍정적으로 받아들여야 합니다.
기왕에 할 일이라면 기분 좋게 하십시오.
선의 기본정신은 마음 내려놓기입니다.

일도 공부입니다.
어떤 일을 하더라도
그 업무가 싫고 귀찮아지면
이것도 공부라 생각하십시오.
일은 일일 뿐입니다.
일이 싫은 것은
그 일을 하기 싫어하는 마음 때문이지,
일 자체에 문제가 있는 것은 아닙니다.
일도 공부 삼아
싫고 귀찮은 그 마음을 관조하며
단지 바라볼 뿐,

그 마음에 반응만 안 하면 싫은 마음도 잠시뿐입니다.

마음은 신비합니다.
분노와 번뇌의 발상지도 마음이지만
그것을 치유하고 지혜와 자비로
재생할 수 있는 해독제도 마음입니다.
하는 일이 아무리 힘들어도
우리 마음의 본바탕은
원래부터 또렷하고 깨끗해
번뇌가 없습니다.

이 마음을 알아차리고
관조하는 정신만 깨어 있으면
그것이 선이기 때문에
거부하는 마음이 없어집니다.
다만 우리 스스로
그림을 그렸을 뿐입니다.
마음이 선과 함께 있는 한,
일상사에 싫고 귀찮고 거부하는 마음이
없어지고 맙니다.

일상생활 속에서 일어나는 일들을
그냥 지켜보는 것이
생활 속의 훌륭한 참선이 됩니다.
이것이 바로 생활 속 명상입니다.

수행이란 마음의 활동을
지켜보는 것입니다.
무슨 말일까요?
일상생활의 일거수일투족을
관찰하고 챙기는 앎과 봄을 말합니다.
앎과 봄은 지금 여기 현재 순간에서
일어나는 현상을 알아차려
지켜보는 관조입니다.
마음을 알기 위해
또 하나의 '아는 마음'인
인식 주체 아(我)의 관찰자가
작동하는 것입니다.

이 순간에서 우리의 일상생활은
앎의 선상에 있습니다.

보고 듣고 말하고 먹고 움직이는

일상의 모든 행위인

행주좌와(行住坐臥), 어묵동정(語默動靜)

그 어디에도 '아는 마음'의 앎이

존재하고 있습니다.

다만, 우리 스스로

그것에 깨어 있지 못할 뿐입니다.

이러한 앎은 시각에 의해 아는 앎과,

후각, 청각, 미각, 촉각의 앎과,

이러한 앎을 인식하는 앎이 있습니다.

앎과 봄은 조고각하(照顧脚下)[1]입니다.

우리 자신을 살피는 능력이 부족하면,

유흥을 즐길 때 그 유희에 빠져

자기가 어떤 상태인지도 모른 채

들떠 있게 되고,

곤란한 일을 겪을 때는

비탄에 잠겨 자기를 보지 못하고

괴로움에 몸과 마음이 약해지고 맙니다.

지금부터 수행에 동기부여를 하고
믿음을 가져 주의력과 열의가 부족해지지 않도록
항상 수행 습관을 들여야 합니다.
작심삼일만 넘어서면 인생이 보입니다.
우리는 현재 살고 있어도
살고 있는 것이 아니고
매 순간 자기를 죽이고 있습니다.
생물학적으로 죽어야 죽는 것이 아닙니다.
자기가 자기를 모르고
매 순간 잃어버리고 사는 것이
죽은 것이 아니면 무엇이겠습니까?

최소한 하루 5분이라도
깨어 있으십시오.
자기가 무엇을 하는지 알면
살아 있는 것이요,
모르면 죽은 것임을 명심하고
일상생활 속에서
항상 마음을 챙기며
생활 속 명상을 하십시오.

평상심시도(平常心是道)

평소에 쓰는 마음이 도를 나타냅니다.

평소를 놓치지 않는 것이

진정한 생활 속 명상입니다.

생활 속 명상은

순간순간 내가 어떻게 처신하고 있는지

먼 데서 찾지 말고,

밖에서도 찾지 말고,

자기 안에서 현재 상황을

스스로 살펴보는 알아차림이요,

마음챙김(念)입니다.

알아차림은 깨어 있는 삶입니다.

그러므로 우리는 존재합니다.

이 앎을 보는 것이 바로

깨어 있는 지혜의 통찰수행이요,

마음 바라보기 수행입니다.

일상생활 속에서 이루어져야 참선이지,

앉아 있는 것만으로는 참선이 아닙니다.

운전하는 시간,
가족이나 동료와 대화하는
하루 서너 시간 동안에
우리는 아주 훌륭한 선수행을 할 수 있습니다.

그 수행방법의 기본 골격은
일상사에서 일어나는 일을
단지 앎과 봄으로 지속되게 하면 됩니다.
즐거우면 즐거운 대로,
속상하면 속상한 대로,
화나면 화나는 대로
일어난 일을
분별하거나 심판하지 말고
그냥 앎과 봄만 유지하도록 하십시오.

일어난 일에 그 어떤 견해도 넣지 말고
제3자의 입장에서
객관적으로 지켜만 보라는 말입니다.
앎과 봄 속에서
용해되지 않는 것은 아무것도 없습니다.

이것이 마음을 정화하기 때문입니다.

이 말은

논리적 사고를 넘어선 체득의 사항으로,

이러한 앎과 봄이 바로 생활명상입니다.

---

1 조고각하: 자기 발밑을 살펴보고 지금 자기의 존재를 자각한다는 의미

걷기 명상

포행, 걷는 것도 수행으로 삼으라

생활명상의 예로

걷기 명상을 들어보겠습니다.

조용히 걷는 것을

일반적으로 산책이라고 합니다.

걷는 것을 왜 산책이라고 했겠습니까?

산책의 '책(策)'은

책략과 꾀와 생각을 뜻합니다.

머리를 비우려면

생각을 내려놓아야 합니다.

머리를 쓰는 생각,

즉 책략을 내려놓고

흩어지게(散) 하는 것이 산책입니다.

그래서 큰 스승들은

산책을 수행으로 전환하는

포행(布行)이라고 했습니다.

포행이란

걸으면서도 수행을 드리운다는 의미로

걷는 것도 수행으로 삼으라는 말입니다.

즉, 천천히 걸으면서 참선한다는 것으로,

포행을 공부로 삼을 때 행선이요,

경행이 됩니다.

이를 걷기 명상이라고 합니다.

걷기 명상은 일정한 거리를 정해두고

그 거리에서 왔다갔다 걷는 수행으로

좌선의 연장선상입니다.

좌선할 때

마음이 잘 다스려지지 않을 경우에는

걷기 명상을 하면 훌륭한 수행이 됩니다.

식사를 마친 뒤 좌선하다가 졸음이 오는 경우나

집중이 안 될 때

자리에서 일어나 걷기 명상을 하십시오.

걷기 명상은 이로움이 있습니다.
첫째, 생각을 가라앉힐 수 있습니다.
둘째, 병을 줄일 수 있습니다.
셋째, 음식을 잘 소화하게 합니다.
넷째, 오랫동안 선정에 머물게 합니다.
다섯째, 먼 길을 갈 수 있는 힘이 생깁니다.

붓다는 걷기 명상을 칭찬했고,
직접 걷기 수행도 했습니다.
고대 경전을 보면
앉아서 좌선만 한 것이 아니라
걷기 명상도 한 것이 분명합니다.
붓다의 최고 비서실장인 아난 대장로도
마지막 아라한 도를 깨치고자 할 때,
어떤 수행 자세가 좋을지에 대해
이렇게 고찰했다고 합니다.

"누운 자세는 졸음이나 혼침에 가깝다. 아무리 주의를 기울여 집중하더라도 시간이 지나면 살짝 잠 속으로 들어가기 쉽다. 그것에 비해 좌선이 낫지만 이 자세 또한 아무리 조심해도 시간이 지나면 끄떡끄떡 흔들리게 될 것이다. 그래서 좌선보다는 서서 움직이는 것이 더욱 마음을 놓을 수 있을 것이다. 그렇다면 걷기 명상이 가장 좋은 수행 자세가 아니겠는가."

걸으십시오.
걸으면 건강에도 좋습니다.
걷기에 명상의 효과가 나도록
수행법을 가미하면 그것이 걷기 명상입니다.
건강도 얻고 수행도 되고 일거양득이 됩니다.
걷기 명상에 응용할 수행방법은 다음과 같습니다.

첫째, 호흡관찰을 하면서 걷는 것입니다.
둘째, 자기의 걷는 모습을 또 다른 내가 관찰하며
지금 이 순간의 생각을 알아차리며 걷는 것입니다.
셋째, 발이나 다리(무릎 이하)의 움직임을 관찰하며
걷는 것입니다.

호흡관찰을 하면서 걷는 것이란,

숨 쉬는 것을 알아차리면서 걷는 것입니다.
안반선 수행으로 숨 쉬는 것을 알면서
경행을 하면 잡다한 생각이 정리되면서
마음이 평안해집니다.
그 평안 속에
삶의 출구인 지혜의 마술이 피어오릅니다.
호흡을 관찰할 때는
호흡을 조절하거나 간섭하지 말고
알아차려야 합니다.
호흡관찰 걷기 명상을 하면
호흡이 떠나지 않고
동시에 생각이 보이게 됩니다.
생각 속에 빠지면 망상이요,
알아차리면 지혜입니다.

자기의 걷는 모습을 또 다른 내가 알면서
몸의 느낌이나 생각을 관찰하면서 걸으십시오.
지금 이 순간 생각이 일어나면
일어나는 것을 알아차리면서
어떤 내적 속삭임도 내려놓고

묵묵히 침묵 속에서 걸으십시오.
생각이 일어난 곳에는 마음이 있습니다.

이러한 관찰수행의 효과는
무의식 속에서 일어나는
일거수일투족을 놓치지 않고
깨어 있는 훈련이 되어
어디서든 수처작주(隨處作主)[1]가 됩니다.
이 고요한 침묵 속의 걸음을 알아차리는 것은
통찰을 계발하는 훌륭한 수행이 됩니다.

걷기 명상은
식후나 또는 이른 아침, 어느 때나 좋습니다.
특히 식후에는 그냥 앉거나 눕지 말고
30~40분 걷기 명상을 하십시오.
식후의 걷기 명상은
소화를 돕고 식곤증을 없애줍니다.
걷기 명상을 하면
건강도 얻고, 마음공부도 되며
만병의 근원인 스트레스로부터

탈출하게 됩니다.

건강 속에 기쁨이 있습니다.

살아 있는 한 건강한 것이 좋습니다.

몸은 움직이는 법당[2]입니다.

법당이 튼실해야

붓다도 있고 인생도 있습니다.

건강할 때 건강하십시오.

건강도 수행입니다.

이른 아침의 걷기 명상은

정신을 맑게 해주고

에너지를 일으켜줍니다.

마음 또한 매우 평화롭게 됩니다.

깊은 깨우침도

걷기 명상 중에 얻을 수 있습니다.

---

1 수처작주: 서 있는 그 자리가 주인공

2 법당: 명상실

걷기 명상 준비
아잔 브람의 '아름다운 걸음'

산책하기 위해 걷는 명상 외
본격적인 걷기 명상에는
몇 가지 준비가 필요합니다.
먼저 나만의 경행대를 개발하십시오.
경행로의 길이는 서른 걸음 내외의
반듯한 길을 고르면 됩니다.
장소는 거실이나 마당,
또는 한적한 공원의 적당한 길을
활용할 수 있습니다.

걷기 명상은

좌선과 적절히 병행해 수행하면
침묵 속에서 행복을 경험할 수 있습니다.
걸을 때 가슴을 앞으로 내밀고
눈을 지그시 반쯤 연 상태에서 걸으십시오.
경행대의 가장자리에서
몸과 마음의 긴장을 푼 다음
자연스러운 걸음으로 왕복합니다.
시선은 3~4미터 앞에 둡니다.
이때 주의할 점은
주위를 산만하게 살피지 않는 것입니다.
주위를 보게 되면 집중력이 떨어집니다.
맨발로 걸을 수 있는 땅의 촉감을 알아차리면서
그 느낌에 집중하면서
걷는 것도 좋은 수행이 됩니다.

걷기 명상은
항상 내적 속삭임의 망상을 알아차리고
발과 다리의 움직임에 초점을 맞추어
모든 발걸음이 명확히 관찰될 때까지
주의를 기울이는 것입니다.

좌우 발걸음을 경행대의 끝에서
돌아서서 반복될 때까지
놓치지 않고 주의 깊게 관찰하십시오.
모든 것을 내려놓고,
이 한 걸음에 깨어 있어야 합니다.

경행대의 끝에서 끝까지 왕복하는
오른발과 왼발의 모든 움직임의 과정을
놓치지 않고 관찰하십시오.
오른발과 왼발의 모든 걸음을
한 번도 놓치지 않고
경행대에서 7~8회 왕복하는 것을
관찰할 수 있다면,
그다음부터는
왼발의 움직임 전체를 관찰하는
걷기 수행을 해야 합니다.

즉, 왼발이 지면에서 들리는 순간부터
발의 움직임 전체를 놓치지 않고
관찰하는 것으로 전환하십시오.

몸의 무게와 발에서 일어나는
모든 감각을 느끼고 살피면서
다리를 들어 올리고, 앞으로 내딛으면서
지면에 닿는 발의 동작을 면밀히 관찰하십시오.
그렇게 지속적인 알아차림이 유지되면,
오른발에 대해서도 똑같은 방법으로
알아차림을 계발하면 됩니다.

한 번의 깨짐도 없이, 걷는 모든 순간에
편안하게 주의력을 유지시키면서
20분 동안 걸을 수 있을 때,
여러분은 걷기 수행의 네 번째 단계인
'걷기에 대한 알아차림'에 도달한 것입니다.
이때는 걷는 과정이
완전히 주의력을 장악하고 있어
마음이 산란해질 수 없습니다.
여러분은 이것이 일어날 때
스스로 알게 됩니다.

삼매의 고요함에 들고,

매우 평화로워지기 때문입니다.
20~30분의 걸음을
연속적으로 알아차릴 수 있을 때
완전한 달인의 경지에 이르렀다고
할 수 있습니다.
새소리, 물소리, 바람 소리 같은
외부의 모든 소리가
시야에서 사라집니다.
걷는 것을 아는 것 외에는
텅 빈 절대고요입니다.

구름 속을 걷고 있는 것처럼
마음이 가볍고 기쁩니다.
걷는 것을 인식하지만
걷고 있는 것이 아닌 것처럼 느껴집니다.
공기의 터널 속으로 걷는 것 같습니다.
평화롭습니다.
즐겁습니다.
한적한 시골 풍경처럼
아름다운 걸음입니다.

이를 아잔 브람은

'아름다운 걸음'으로 표현했습니다.

한 걸음, 한 걸음 집중하는 데 매료되면서

고도로 집중된 삼매를 체험하게 됩니다.

운전 명상

호흡관찰과 앎과 봄의 '위빠사나 운전'

생활명상의 두 번째는 운전 명상입니다.

운전을 수행의 대상으로 삼아 명상하는 것인데,

운전 명상의 첫 번째 방법은

호흡관찰을 하면서 운전하는 것입니다.

호흡관찰 속에서 운전하면

피곤이 덜하고 생활의 영감이 떠오릅니다.

운전과 동시에

호흡관찰이 잘 이루어지면,

그때는 운전 명상의 두 번째 방법인

내가 운전하고 있는 것을 알면서

운전하는 앎과 봄의 '위빠사나 운전'을

해야 합니다.

그렇다고 운전 명상의 방법이

정해진 것은 아닙니다.

본인에게 맞는 방법을 선택하면 됩니다.

호흡관찰의 집중이 너무 잘되면,

삼매에 들어 운전하는 나도

잊어버릴 수 있기 때문입니다.

생각을 끊어야 바른 생각이 나옵니다.

우리는 운전하거나 차를 타고 가면서

습관적으로 상념에 빠집니다.

그러한 상념은 그냥 공상이요,

망상의 수준을 넘지 못합니다.

생각이란 나와는 관계없이 시작해

생각의 꼬리가 꼬리를 물고

지나고 나면 아무것도 기억나는 것이 없으니까요.

노느니 염불한다고 마음먹으면

얼마든지 운전대를 잡고 수행할 수 있습니다.

습관을 들여야 합니다.

습관이 들어야 운전대를 잡을 때
무의식적으로 호흡관찰을 하게 됩니다.

숨 쉬는 것을 알기만 해도
우리 몸속에 기쁨 물질인 엔도르핀이 생성되어
즐거울 것입니다.
몸과 마음이 안정되고 편안해집니다.
행복 물질 세로토닌이 생성되면
휴식의 극치입니다.
숨 쉬는 것을 알려고 하는 마음이 일념이기에
그 일념은 무심이 되고,
이 무심의 찰나에 자기 안의 나를 만나게 됩니다.
일념만 되면 염라대왕도 어쩌지 못합니다.

명상을 하다 보면
그동안 풀지 못하고 막혀 있던 일들이 순식간에 풀려
지혜와 안목이 생기는
내 마음의 소리를 듣게 됩니다.
이 마음의 소리는
내 안의 나를 만나게 된 것을 말합니다.

자기 소리를 들어야지,
남의 소리 천만 번 들어보아야
아무 소용이 없습니다.
생각을 내려놓아야
내 안의 진짜 주인공을 만날 수 있습니다.
이것이 불가에서 누누이 말하는
"마음을 비워라!"입니다.

어떤 일을 하다 번뜩 아이디어가 떠오를 때
즉시 메모해두지 않으면 잊어버리듯
지혜의 샘물은 지속적이지 못할 경우가 더 많습니다.
설령 좋은 생각이 떠오르더라도
이러한 사념은 어떤 경우든
우리의 마음을 평안하게 만들어주지 못합니다.
그러한 생각이 우리의 마음을 비우게 하지는
못하기 때문입니다.
도리어 생각에 생각을 더해
생각의 연속선상에 물들어가게 할 뿐입니다.

생각을 놓아야 머리든 가슴이든

시원하게 비워집니다.

비우는 것이 명상입니다.

지식은 쌓아야 얻을 수 있고,

지혜는 비워야 얻을 수 있는 것입니다.

지식은 쌓는 만큼 많아지고,

지혜는 한가하고 구하지 않는데도 얻어집니다.

대화 명상

자신의 말을 자신이 알면서 대화

세 번째 생활명상은 대화 명상입니다.

대화 명상은 쉽고 간단합니다.

마음만 먹으면 됩니다.

대화할 때 자신의 말을 자신이 알면서

대화하면 되는 것으로,

자기의 말을 자기가 들으며 대화하는 것입니다.

우리는 대화 속에서 주의력이 부족하면

대화의 초점을 놓치게 되거나

어떤 경우는 대화를 하다가 뜻이 맞지 않으면

기분이 나빠지고 감정이 격해져

자기가 어디 갔는지도 모를 정도로
흥분하거나 화를 내게 됩니다.
우리는 화를 낼 때 그 성냄 속에 빠져
어느 아수라장에 있는지도 모릅니다.
화를 내고 나면,
몰골은 남이 가까이 오기 꺼릴 정도로
사나운 형상이 되어서는
남의 가슴에 뽑을 수 없는 화살을 박아
가슴속 응어리를 심어놓은 후에야 후회합니다.
그러나 이미 늦었습니다.

불교의 진리에 따르면,
화를 내면 자신의 모습이 흉해지고, 악몽을 꾸게 되고,
행운이 찾아오지 않고, 부자가 되지 못하고,
명성을 잃게 되고, 친구가 없어지고,
죽은 뒤에는 악처에 환생되는
일곱 가지의 인과응보를 받게 된다고 합니다.

화를 냈다면 늦었을지라도
당사자에게 진심으로 참회하십시오.

용서하며 사는 것이 인생입니다.

용서를 구해 안 될 것이 없습니다.

또한 각자가 믿는 신에게도 참회하십시오.

진심으로 참회하면

구원받지 못할 일이 없습니다.

잘못을 알 때

그런 잘못을 되풀이하지 않겠다고

굳은 결심을 하십시오.

후회는 하지 마십시오.

후회와 참회는 다릅니다.

참회는 성찰이고, 후회는 괴로움입니다.

먼저 자기 자신부터

용서하고 들어가십시오.

왜 스스로 짐을 지고 살아야 합니까?

참회하고 용서해야 삶의 활력소가 생깁니다.

참회하는 마음을 일으킬 때는

중생의 마음이 붓다의 마음으로 돌아섰기에

용해되지 않을 일이 없습니다.

자투리 명상
한 방울의 낙숫물이 바위를 뚫는 것처럼

자투리 명상은 노느니 염불한다는 식으로
일상에서 우리의 마음을 챙기는 것입니다.
매 순간 조금씩 자투리 시간을 놓치지 않고,
마음공부를 다잡아 한 발짝씩 나아간다면,
한 방울의 낙숫물이 바위를 뚫는 것처럼
문득 공부가 깊어져 한 마음을 비우는,
큰 깨침을 얻을 것입니다.

무릇 향기 있는 곳에 있으면
그 향이 자기도 모르게 몸에 스며들 듯
일 분이라도 자투리 시간을 놓치지 않고 명상한다면

그것으로 마음공부는 충분합니다.

참선은 자투리 일상을 놓치지 않는 데서

내공이 쌓이는 것이지,

평상심을 놓치고는 백날 앉아 수행해도 얻기 어렵습니다.

자투리 시간에 항상 수행하는 사람이

좌선삼매에 들어가는 것은 시간문제입니다.

우리가 수행하는 이유는

몸과 마음에서 일어나는 것들을

사실 그대로 알기 위해서입니다.

지금 현재에 무엇이 어떻게 일어나고 있는지,

왜 일어나고 있는지,

또 어떻게 없어지고 그치게 되는가를

알기 위해서입니다.

몸과 마음의 자연적인 성품을 알아

그 무엇에도 초연해지기 위해

마음이 일하는 것입니다.

단지 그것뿐입니다.

마음이 현재 차분한가?

마음이 지금 가라앉은 것을 알고 있는가?

그것을 지금 알아야 합니다.

지금 현재 일어나는 상태를 알아야 합니다.

현재의 상태를 앎은

'생각하라'는 것이 아니라

'바로 직접 알도록 하라'는 뜻입니다.

일상생활 중 몸과 마음이 하는 일을

제3자가 들여다보듯이

알고 보는 일의 앎과 봄이 생활명상입니다.

아침에 눈뜨고 일어나면서

문을 열고 화장실로 가

양치질을 하고 세수를 하고

옷을 입고 밥 먹고 말하고

주위를 둘러보거나 걷거나

앉거나 눕거나 자거나 먹고 마시며

그 순간 하고 있는 어떤 형태의 움직임이든

하나하나를 앎과 봄이 되면

그것이 깨어 있는 생활명상입니다.

원하는 것이 있으면

행동하지 않고 얻을 수 없습니다.
마음의 자유를 얻으려면
몸과 마음을 항상 붙여
몸이 하는 것을 마음이 다 알면서 해야 합니다.
지금 마음이 무엇을 알고 있는가?
일상에서도 주의를 집중하지 않으면서
마음의 자유를 원하는 것은
씨를 뿌리지 않고 열매를 얻으려는 격입니다.

"우리는 작은 뾰쪽탑 위에 방을 만들지 않고
지붕을 얹으려 하고 있지는 않은가?"

달리 마음의 집중을 계발하고
특별한 수행을 할 필요는 없습니다.
자신이 하는 일에 마음을 집중하고
주의를 기울이기만 하면 됩니다.
수행은 자기가 하는 것입니다.
바로 지금 여기에서,
일상을 놓치지 않으면 그것이 수행이 됩니다.

불면증 명상
명상은 깊이 자는 것보다 두 배 깊은 휴식

정신이 맑게 깨어 있지 못하고
흐리멍덩하게 비몽사몽인 상태를
혼침이라고 합니다.
이러한 혼침은
수행자에게 달갑지 않은 일로
수행에 막대한 장애를 주기에 수마라고도 합니다.
반면에, 불면증으로 수행과 일상생활에
지장이 있는 사람이 있습니다.

그런 사람은 잠을 청할 때
마음의 긴장을 풀고 가만히 누워

숨을 쉬고 있는지 자연스레 지켜보는
호흡관찰을 하게 되면
자기도 모르게 잠이 오게 될 것입니다.
대개 잠을 못 이루는 사람은
이 생각 저 생각을 하고 있기 때문입니다.
그래서 호흡명상으로
한 생각을 꽉 묶어버리면
자지 않으려 해도 저절로 잠들게 됩니다.

복잡한 생각이 떠오르지 않게 하는 호흡관찰은
우리의 마음을 무심하게 만듭니다.
잠은 관념일 뿐입니다.
잠이 부족하다거나 잠을 자려는 생각을
내려놓아야 합니다.
불면증은 잠을 자야 한다는
강박관념일 뿐입니다.
그래서 불면증이 일어날 때
'이 몸뚱이는 내 것인데
잔다고 마음먹으면 자는 것이지
내가 잠을 못 잘 이유가 없다.

이것은 마음의 허상이 만들어낸 관념일 뿐,
이 마음을 지배하는 것은 나다'
하고 마음먹어야 합니다.

마음은 마음먹은 대로 됩니다.
마음은 몸의 지배자입니다.
우리 몸은 마음을 따라 반응하고 인식합니다.
색심불이(色心不二)[1]이기 때문에
스스로 어떤 마음을 먹느냐에 따라 달라집니다.

잘하려고 하면
긴장이 되어 잘 안 되는 경우가 많습니다.
그래서 억지로 잠을 자려고 하면
도리어 잠이 오지 않습니다.
잠은 잘 조건이 되어야 옵니다.
잘 조건이 아닌데 자려 하면
정신만 멀뚱거리게 됩니다.
잠이 안 올 때 자려고 애쓰지 말고
그냥 편안히 누워 마음을 고요히 한 후,
입술 또는 입술 앞에 마음을 두고 호흡을 관찰하면

불면증은 사라지고 어느새 잠이 들어버리고 맙니다.

잠들지 못해도 호흡관찰의 명상효과로
가수면 상태에는 들게 됩니다.
미국 하버드대 의대 교수인
로버트 윌리스와 허버트 벤슨의 연구를 보면,
일곱 시간 수면에서는
산소 소비량이 8~10퍼센트 감소하는 반면,
명상을 하면 10분 이내에 평균 17퍼센트까지
산소 소비량이 감소했습니다.
이것은 깊이 자는 것보다
명상이 두 배 깊은 휴식을 준다는 것을
입증하는 것입니다.

잠은 관념일 뿐입니다.
이는 많은 수행승의 경험입니다.
잠을 많이 자야 한다는 관념만 내려놓으면,
명상을 통해 3~4시간 가수면 상태가 되기 때문에
피로감은 사라지고 육체적 활동에 지장이 없게 됩니다.
다만, 스스로 수면부족이라 느끼기 때문에

불면증이 생기게 된 것입니다.

잠이 오지 않을까 두려워하지 마십시오.
불면에 애태우지 마십시오.
지금부터는
'까짓것 잠이 오면 자고 안 오면
이 기회에 참선공부나 실컷 하지 뭐!'
하는 마음으로 걱정하지 말고
일정시간에 잠자리에 드십시오.
잠을 자지 못했을지라도
호흡명상에 집중했다면
적어도 가수면상태의 효과를 보거나,
아니면 도통하든지 둘 중 하나일 것입니다.
호흡명상은 숨도 사라지게 하는
고도의 미세한 수행이기에
자칫 주의력이 떨어지면
자기도 모르게 아무 기억이 없거나
깊은 수면에 빠지기 쉽습니다.
잠을 안 자려 애를 써도
잘 수밖에 없는 상황이 되고 마는 것입니다.

그대여!

마음을 흥분시키지 말고 평온 속에 안주하라.

마음을 단속하지 못하면 곧 죄악이 잉태되리.

기쁨을 찾아 나서지 말고 선좌(禪座)에 만족하라.

유혹에 지고 나면 수행은 곧 바람결에 흩어지리.

수마에 빠지지 말고 명상을 계속하라.

수마에 빠지면 곧 무지의 해독(害毒)이 그대를 정복하리.

―「밀라레빠 십만송」

---

1   색심불이: 몸과 마음은 하나

멈춤의 여행

초판 1쇄 발행 2018년 10월 19일
초판 11쇄 발행 2024년 3월 22일

지은이 각 산
펴낸이 이수철
주   간 하지순
디자인 최효정
마케팅 오세미, 전강산
영상콘텐츠기획 김남규
관   리 전수연

펴낸곳 나무옆의자
출판등록 제396-2013-000037호
주소 (10449) 경기도 고양시 일산동구 호수로 358-39 동문타워1차 703호
전화 02) 790-6630 팩스 02) 718-5752
전자우편 namubench9@naver.com
페이스북 www.facebook.com/namubench9

© 각산, 2018

ISBN 979-11-6157-045-7 03810